美しくなるにつれて若くなる

白洲正子

ハルキ文庫

角川春樹事務所

「人間」に年などありません。若くとも一所《ひとつところ》にじっとしているならば、それは既に老いたのです。

（「たしなみについて」より）

白洲正子

（1988年・78歳）

町田市能ヶ谷の自宅居間にて

撮影者：高梨 豊

美しくなるにつれて若くなる◉**目次**

Ⅰ

美しくなるにつれて若くなる

II

成熟について

III

生き甲斐について

I

美しくなるにつれて若くなる

たしなみについて（抄）

1

「あの人は他人のことはよく解かるくせに自分のことはちっとも解からない」

よく私達は、うっかりそういうことがあります。けれども、それは実際においては有り得べきことではありません。

人のことがほんとうに解かれば自分のことも解かり、自分がよく見えれば人の姿もただ一べつですむ筈《はず》です。

また、人間というものはたえまなく育つものです。ですから相手は何十年来の知人でも、会う度にめずらしく感じられるのです。

「あの人はちっとも変わらない」

といって喜ぶのは、ある場合いい意味にもなりましょうが、実はちっとも成長していなかったという悲しむべき結果であることもあります。

相手が動く人間である場合には、ちょっと解かりにくいかも知れませんが、たとえば相手を書物におきかえてみたら、そういうことはすぐ解かると思います。

いい本というものは、一回読んでそれで解かった、と思うのはあやまりで、何回も何十回も、ついには一生を友として送るべきです。子供の背丈を柱にしるすように、それは自分のためのいいメモリとなりましょう。

2

「美」というものはたった一つしかなく、いつでも新しくいつでも古いのです。その「つねなるもの」は、しかし大きくも小さくもなります。子供の描いた絵と、立派な芸術家の仕事では、美しさにおいて変わりはなくとも、大きさにおいて違います。

人間の美しさも、無智《むち》な者と智恵《ちえ》にあふれた者の美しさとでは、いずれが上というわけではありませんが、違います。

3

「人間」に年などありません。若くとも一所《ひとつところ》にじっとしているならば、それは既に老いたのです。

真に名人と自らゆるす人は、いつも初心の時の心構えを忘れず、しじゅう励みを怠りません。それが芸の若さを保つ所以《ゆえん》です。功成り名とげて身退《みしりぞ》く、というのは、既に引退という一つの行動をしているわけになります。隠居をして急に老衰するような老人は、勝手に老いぼれたらいいのです。人間の出来た人なら、隠居することすら、一つの仕事となる筈です。ひっこみのうまい役者は、舞台にいる間の華々しさよりも、なお一そう芸の達人であるといえましょう。

4

立派な人は、多くをしゃべりません。たったひと言で磐石《ばんじゃく》の重みをもちます。何につけ、結局、最後のものは一つしかありません。どんなに多くの言葉をついやそうと、私達はたった一つのことしかいえないのです。

5

自分の長所を見つけるのはいいことです。なるたけ早く見出《みいだ》すほどいい、と思います。そのよさというものは、しかしほっておくとすぐ悪くなるおそれがあります。玉は磨かねば光らないのです。玉を持っていると自覚してそれで安心していたのでは、一日たりとも、今度は玉の方が人をゆるさなくなります。

玉は昔の自分とともに置き去りにして、現《うつ》し身ばかり年をとり世とともに馴《な》れていったのでは、それでは他人に「変わった」と見られるにきまっています。他人はほんとに利口者で、すぐ私達を見破ってしまいます。どこで覚えたのか、と聞きたくなるほどの正確さをもって。

他人は鏡です。

伊達者《だてしゃ》でなくとも、私達はしじゅう鏡の前で生活しているようなものです。自分を育てるのは自分ばかりでなく、人も協力してくれるものとみえます。

6

若いうちは色々の失敗をしてみるのもいいと思います。恥をかくことがこわいようでは何も実行出来ません。なんにも覚えもしません。

おしゃべりな人はしゃべればいいのです。書きたい人は書き、描きたい人も描けばいいのです。しゃべってしゃべってしゃべりぬいて、恥をかいたり後悔したりして、ついに、いくらしゃべってもどうにもなるものでない、と知れば無口になるにきまっています。しゃべりたいのを我慢して、いくら機会をねらったとて、「珠玉のような一言」なんて吐かれるものではないのです。

7

私の知人で、私と同じように書くことが好きな人がいます。その人は、既に立派なものを書いてもっているのに、決して出版しようとはしません。いかにも惜しいので、なぜ本にしないか、と私が聞きましたら、こう答えました。

「自分は素人《しろうと》だから、お金のために書いてはいない。出版する以上、自分は読者に対してあらゆる責任をもたねばならぬ。本の中に、どこから見ても、一つたりとも間違いがあってはならぬと思って、毎日それを直したり書きかえたりしている。完全に満足が行くようになったその日、自分は喜んでその本を出版するであろう」

と。私が思いますのに、おそらくその本は永久に日の目を見ないでありましょう。作者が神様とならないかぎり。

8

何か書くということは、ある程度、独断でやらぬかぎり出来るものではありません。いや、ついには徹頭徹尾独断でないかぎり、人は何一つやってのけることは出来ないのです。

9

いったい何が素人で、何が玄人《くろうと》でありましょう。そんなものは世の中に存在しないのです。素人芸というものほどいやなものはありません。それはひがみであり、虚栄であり、責任のがれです。

お能でも芝居でも義太夫《ぎだゆう》でも長唄《ながうた》でも、素人が玄人に商売替えをすると、せっかく今まであったいわゆる素人芸のよさをまったく失って、一文のねうちもなくなる人があります。それは、その人の芸に対する覚悟がたしかでないからです。技というものは、もっとおそろしい、もっときびしいものです。やたらめったらの向こう見ずというのが、多くの場合、素人のよさと（玄人が馬鹿にして）呼ぶものですが、それは、大きな芸に対する尊敬と恐怖と謙遜《けんそん》と信頼がないからで、技術はともかく、精神的にはまったくズブの素人であるのです。そういうあまさのない素人は、素人といえども既に立派な専門家です。

素人のよさなんてものは、ほんとうはないのです。もしあるとすれば、それはその人の人間のよさです。人間的に、れっきとした玄人であるのです。

11

イギリス人に、

「あの人はどんな人か」

と聞いた時、

「あの人はいい人だ」

と答えたら、もうその人はおしまいです。決してほめたことにはなりません。

しかし、アメリカ人の場合は違います。

そして、日本では、なんとそこら中「いい人」だらけでしょう。いいばかりで、ほかにはなんの取り得もない……。

12

ある有名な英国の貴族で、たいへんに大きなお城に住んでいる人が、ある時何かの関係でアメリカの金持ち達をよぶことになりました。一行は夕方そこに着いたのですが、何しろ大きな邸《やしき》のことゝて山あり川あり、変な所に迷いこんで道が解からなくなり、たいへん困ってしまいました。と、そこへきたない恰好《かっこう》をした妙なじいさんが一人現れたので聞きますと、丁寧に教えてくれ、おまけに近道はこちらと、親切に手伝って小川を渡したり、荷物を持ってくれたりしたので、お礼のしるしに一クラウン出し、おじいさんはさりげなくお礼をいって、右と左にわかれました。

夜になって、何しろ大公爵というので、万事万端いかめしく、それぞれ盛装に身をかためてお待ちうけしていますと、やがて現れ出たのは、驚くなかれ先刻のじじい。

一同申しのべる言葉もなく、穴あらば入りたい気持ちでただただ恐縮していますと、相手はさるもの、さいぜんのことなどおくびにも出さず、あくまで高貴な殿様として立派な主人役を相つとめるのでありました。

13

イギリスの貴族は、殊に男は、世界中で一番立派な人達であるということは、世界中の人々がみとめていることです。同時に大そうおしゃれであることも。どうせしゃれるならあすこまでやらなくては嘘《うそ》です。物事は徹底すれば、おしゃれも単なる虚栄ではなくなります。ようするにこれもまた中身の問題であって、ファッション・ブックなんかいくらめくっても解かることではありません。

頭は使わなければさびつきます。人間も磨かなければ曇ります。若い頃美男だった人が三十になるとふつうの男になり、四十すぎると見られなくなるのは、みんな自分のせいです。時間のせいではありません。本来ならば、人間は老人になればなるほど美しくなっていい筈です。また実際にそういう例もたくさんあります。英国人の中でも殊にいいのは老紳士、と昔から相場はきまっていますが、つらつら思えば偶然そうなったのではないようです。

たとえばある一人の老紳士は、決してひと揃えのおついのものを着ません。ズボンとチョッキと上着とがいつもばらばらで、それでいてしかも、いかにも着物というものはこれでなくてはならぬと見えるほど、しっくりと落ち着いて似合って見えます。この人は一見構わないように見えて実は細心の注意をはらっているのです。いえ、もう注意もはらわないですむほど身について、――だから結局は構わないのと同じ結果になっています。立派な作家の文章を思わせる、それほどこれは芸術の域に達しているということが出来ます。おそらくこのような人はもう何を着ようと必ず似合って見えるに違いありません。

其処《そこ》に至るまでに彼らは実に多くの技巧をつくします。ロンドンの町の中では、若い男は雨の日にキューッと巻いたコウモリ傘を持って、しかもそれを決してささない、どんなにどしゃぶりになっても金輪際《こんりんざい》傘をささない、というのが一つのたしなみとなっています。

また、田舎の家から自動車でロンドンへ、それから町から田舎へ帰る時、勿論《もちろん》道はいいし自動車ではあるし、着物も髪も乱れる筈もないのにわざわざよごしたりくしゃくしゃにしてようよう御到着、――といったように見せかけるのです。

つまらないことです。馬鹿げたことです。でも、それが伝統なのです。くだらなくても外国人の追従をゆるさぬ、押しても突いても動かない、——それが伝統というものです。

たとえばある一人の紳士は、これはまた反対に一糸乱れぬりゅうとした恰好をしています。ただ、襟もと、ネクタイのあたりだけをわざとだらしなくしているのです。いつでも。

それを見てある外国人がいいました。

「あの人は実にスマートそのものだ。ただ、惜しむらくはカラーがいつもくしゃくしゃだ」

と。

惜しむらくはその人にはこのよさが解からないのです。さいわいにして、伝統をもつ我々日本人には、このくらいのよさはすぐ解かることです。それは、一人の人の趣味ではありません。一個人のしたことでもありません。多くの人々、それから長い月日がこの些《さ》細《さい》なおしゃれの上にかかっているのです。

ファッション・ブックからぬけ出したような完璧さ。それは人間ではなくて人形、——着物のためにのみあるひとがたです。生きているからには自由に動きたいものです。そういうところから、おしゃれが板についた英国人が、型破りをあえてするのです。何もないところへするふしだらではありません。何かある上に、更に自分のスタイルをつくるのです。

伝統という有り難いものに後生大事としがみついてだけいる、——それは人を不自由にします。自ら束縛されることになります。が、そんなものは馬鹿々々しい、ときめてかかる、そう思うことすら既に伝統にとらわれている証拠です。

着物のことを考えるなどつまらないことです。趣味なんて、くだらないものです。そんなことに構っていられない、というのも結構。しかし、――趣味がないのはよろしい。ただし趣味があってわるいのは、悪趣味というものです。

14

英国にヤミがないというのは驚くべき事実です。文化とは、そういうことをいうのです。

15

ごはんをよそう時、「ほんの少し」といわれても、いったいその人のいう少しとは、どのくらいの分量をしめすのか。

「その〝少し〟をはっきりどれだけ、と知るのが私達の商売でございます」

と、ある呉服屋がいっていました。

16

同じ呉服屋がまたいいました。

あんまり色々なものを買ってしまって、あんまり凝りに凝ってしまって、もう世の中の着物という着物はひととおり持ってしまって、あきあきしたような人は、むずかしいようでかえってやさしい。売れ残りの、ほんのありきたりのそこらの百貨店のショー・ウィンドーにぶらさがっているようなものを見せると、とてもめずらしいものだと思ってとびついて来る、と。

17

また同じ人が、

F様の奥様はほんとに好い御趣味の方でございます。わたくしはいつでも非常に注意してつくりますが、それでも時々どうかと思うようなものが出来上がることがございます。その時は、決して、よそ様で申しますように、「これは特によく仕上がりました。わたくし自慢の品、ぜひおおさめ下さいませ」などとは申しません。反対にこう申します。「どうも、こんな半端《はんぱ》をしでかしまして。わたくし一代の恥でございます。お気に入らなければ、いつでもおひきとりいたします」。そういたしますと、かえっておなぐさめ下さいまして、それほどでもない、なかなかいいではないか、などと仰《おお》せになって、しまいにはほんとにお気に召してしまうようでございます。どちら様といわず、皆様に喜んで頂くのが私共の商売なのでございまして、……ハイ。

と私に内緒話をしてくれました。

18

ある人が、昔は(嘘かほんとか知りませんが)お茶室の畳は、お客の度毎《たびごと》にとりかえたものだそうだ、と教えてくれました。だから、お道具をじかに畳の上に置くのだと。

あるいはそうかも知れません。しかし、そうまでして、お茶会をもよおす気には(たとえ今のような時代でなくとも)、なれません。昔はこうだったが、今はこれで我慢しておく、——そんな消極的なことならわざわざお茶など点《た》てて呑《の》む気にはなりません。習う気さえおこりません。

19

利休《りきゅう》が若い頃、庭の掃除をしてうるわしくはき浄《きよ》めた後、紅葉《もみじ》の木の葉を散らしておいた、というのは有名な話です。

一休和尚《いっきゅうおしょう》にも、漫画になるほど多くの逸話がありますが、その中の大部分は、一休さんをたっとぶあまりに、後世の人々がつくり上げた話ではないかと想像されます。

紅葉の葉を散らしたことは、ちょっと思うと東洋画の余白のように、景色に余裕をあたえるものと見えるかも知れません。けれども、掃除のゆきとどいた庭はそのままで清らかに美しいのです。その上に、風にさそわれてひと葉ふた葉散りかかったのなら、そのままにしておきたいものです。が、わざわざ木をゆすってまで散らす気は私にはありません。

もしそこまで凝るのなら、紅葉の葉っぱの並べ方まで気にせざるを得ません。わざと落としたのと、風がおのずから散らしたのでは、その趣《おもむき》も違いましょう。それでは、余った力ではなくて、精一杯の技巧です。私は、そんなにしてまで利休に背のびなんかさせたくはありません。

似たような話で、ある時秀吉が朝顔を見たいと所望した時、利休はただ一輪を床の間に活《い》けて、あとは残らず切りとってしまったというのがあります。似ているようですが、これはぜんぜん違うと思います。

この一輪の朝顔は生きています。花を活けるということは、そもそも人工的な事です。いわば庭を掃除することと、花をもって床の間をかざるのとは同じ目的であります。しかし、紅葉を散らすことと、朝顔を全部切ることとは同じように見えて実はまったく別の行為です。

紅葉が自然らしく見せかけているのに反して、切られた朝顔はまっこうから技巧をさらけだしています。だいたい、綺麗《きれい》な庭に紅葉だけが散っていることがそもそもおかしな話ですが、秀吉はかねて聞き及んだ利休自慢の朝顔が、まったく、自分一人のために、惜しげもなく切られたことを何よりも満足に思ったに違いありません。それは利休のまことをしめしているからです。床の間の一輪に、利休の心をこめた志《こころざし》、彼のすべてがあるのです。かくして、一輪の花によって代表された朝顔のすべては成仏することを得ました。しかるに、紅葉の方は、単なる洒落《しゃれ》にすぎません。

どうもってまわっても、浮かばれない、——そんなことどうでもいいといわれればそれまでですけれど、私は利休という人間を崇拝しますので、ついに一休さんと同じように、この話も他人のせいにしてしまいたくなったのです。単なる私の好みにすぎません。

20

紅葉を散らしたとか散らさなかったということは、利休に聞いてみないことには結局解かりません。それほどどうでもいいことなのです。もしかすると、才走った若気の至りであったかも知れないのですから。

芭蕉《ばしょう》でさえ、若気のあやまちで、その若年の頃はずい分変な俳句も残しているようです。しかしそんなことはあらさがしにすぎず、芭蕉の仕事は、晩年にあれだけの美しい俳句の数々を残したことで完成されているのです。利休という人間も、茶道《さどう》を残したことで成仏したのです。ですから紅葉も、それから朝顔も、利休という人間とはまったく何の関係もないことです。

それにしても、人間は死に際《ぎわ》が大事、ということは、どんな場合でもそうなのだろうと思います。

21

嘘《うそ》かほんとか知りませんが、夏目《なつめ》漱石《そうせき》は死ぬ間際《まぎわ》に、「死ぬのはいやだいやだ」といってとうとう死んで行ったそうです。

そうかと思うと、ごくふつうの人でも、立派に手を合わせて心静かに大往生をとげる人もいます。

世の中はうるさいもので、漱石はやっぱり俗人だといったり、また反対に、それこそ小説を書く人間らしい、と評したり。後者の場合も、立派だと褒めたり、キザだとけなしたり、色々のことをいうものです。

けれども、考えてみれば人間が、死という一大事に直面した時は、見栄《みえ》も外聞もないでしょうから、きっとほんとのことをいうにきまっています。両方とも精一杯なのだと思います。だから、どちらがいいなどといえるものではない、どちらもさもありなん、と思うばかりです。それにもかかわらず、やっぱり色んなことがいいたくなるので困ります。

草の名も所によりて変はるなり難波《なにわ》の蘆《あし》は伊勢《いせ》の浜荻《はまおぎ》

こんな小さなことでも、そのところどころ、その人々によって違うのです。ま

た、

あらむつかしの仮名遣ひやな。字義に害あらずんば、アヽまヽよ
梅咲きぬどれがむめやらうめぢややら

この句をつくった時、蕪村《ぶそん》は果たして何を考えていたことでしょう。などというのは、そもそも私の思いすごしかも知れません。でもそんなことは誰にも解かりっこはないのです。

いずれにせよ、あれがうめで、これがむめであろうとなかろうと、そんなことちっとも構やしないのです。蕪村にしろ、私達にしろ、梅の花にしろ。

22

恋は盲目といいますが、相手の色々なことが見えるようでは、ほんとにほれてはいない証拠です。案外盲人こそが、私達の解からないことが見えているのかも知れません。

23

有閑マダムの恋愛遊びぐらい他愛のない、殆《ほとん》どこっけい極まるほど罪のないものはありません。あれは喜劇です。いや、悲劇です。

世の中には、そういう人達に対して目に角たてて怒りののしる人たちがいますが、私はむしろ両方とも気の毒に思います。取るに足らないほどつまらないものも人も、そうざらにある筈はありません。真に美しいもの、あるいはほれぼれするように立派な人物がざらにないように、まったく取り得のない人もごく稀《まれ》にしかいないのです。

それに、ほんとのところ、人はみな有閑であるべきです。ひまでなくては出来ないことがたくさんあり、閑をつくるのは褒むべきであるとさえ思います。

有閑人種と反対に、「ひまがない」と嘆く人も多いものです。勤勉で、実に感心な人々です。けれども、あまりに早朝から夜おそくまで働くために、彼らは疲れきって殆ど何も考えることが出来ません。考えないから発達もしません。どうしたらもっと仕事が楽になるか、どんな機械を使ったらもっと能率が上がるか、そんなことも解かりません。つまり、考えないからひまがない。ひまがないから考えないといった次第になるのですが、ついにはそれが習慣となって、雨とか雪とか、冬とか夏、または病気の時とか、ひまのある日が来ても、寝るよりほかのことは出来なくなってしまいます。そしてひまがあるのは罪悪だとさえ思っている人達が多いのも事実です。そういう人達がものを考えることはおろか、健全な娯楽など知る筈もありません。職業を問わず、案外そういう人達はたくさんいるようですが、実は、彼らの嫌いな有閑人種と少しも違うところはないのです。貴重な時をどう使ってよいか知らない点において。

人は、忙しい時の方がどんなに気楽に暮らせるか解かりません。ひまをつくることよりも、ひまをつぶすことの方がはるかにむずかしい仕事であるからです。

24

遊ぶことは働くことと同じくらいむずかしいことです。いや、遊ぶことの方がはるかにむずかしいのではないかと思います。

遊ぶことを知らない人は、遊ぶ時に、醜悪な、往々にして不健康な遊び方をしてしまいます。また、遊んでいるつもりでつい働いている人もいます。何か理由をつけて、自分の遊びを意味ありげなものにしたくなる人もあります。

所構わず大さわぎをしたり、傍若無人《ぼうじゃくぶじん》に大笑いをしたり、馬鹿げたことをする人達がむしろ羨ましく見えることさえあります。そして、「無意味に遊んではならぬ」などと、しかつめらしい顔をする人達がかえって馬鹿に見えたりします。

成人した大人にとって、世の中に遊びはなく、笑いさえもないのです。いくら遊んでも笑っても、それは真の遊び、心からの笑いではありません。しかし、その上に、ほんとうに悠々閑々と遊ぶことの出来る大人がごく稀《まれ》にいます（いる筈と思います）。それほど遊ぶのはむずかしいことであるのです。

25

光源氏という人は、既に、かつて生きていた一人格と化しています。宇治の名所に、浮舟《うきふね》の墓があると聞いて笑ったものですが、それなら、いくつかあるという紫式部の墓も、その中のどれか一つのほかはすべて浮舟の墓と同じような存在です。しかも、そのいずれがほんものか解からぬとすれば、すべて浮舟のようにはかないもので、紫式部その人がたしかにいたという事実も、日記や物語を書いたと伝わるだけで、見た人は一人もないのです。そんな夢のような、書き手よりも、光源氏や浮舟の方がどれほどはっきりしてるか解からない、とそう思う、――それこそ、紫式部の思う壺《つぼ》なのです。

作者を離れて作中の人物が独り歩きをするという、芸術家にとってこれほど名誉なことはありますまい。ほんとは文学も他の芸術も、作者の名なんていらない。

題だけあればいいんです。題だっていらない、けれど便利だからあるのです。自分でこさえたり、後から人がつけたりして、そして、しまいにはいつの間にかなくてはならぬものと化してしまいます。

空中の楼閣といったように、まるで何もない空に浮かび上がる、——芸術とはそういうものだと思います。その楼閣のあらゆる窓から、作者の顔がのぞきます。『源氏物語』の、その建物の中からのぞいている、紫の上も薄雲の女院も、女三の宮も、六条の御息所《みやすどころ》も、すべては紫式部の分身であるといえます。それぱかりではない、光源氏こそまさに式部その人なのです。

あらゆる女は、たとえ理想的に育てあげた筈の紫の上でさえ、源氏を満足させはしませんでした。完全なものではありませんでした。それらはみな円満無欠の「源氏」をかたちづくる不完全な一部分なのです。すべての愛人をひと所に集めた六条院は、式部の築きあげた理想郷でありました。それが紫式部の全身であったのです。

結局、話は『源氏物語』ほど紫式部をよく物語るものはないというところに落ち着きます。紫式部はいなかったかも知れない、が、『源氏物語』の紫式部は千年のよわいを保って今に生きているのです。

地上の楼閣はいつの日か必ずくずれるものですが、空中楼閣は、そうはいかないものと見えます。

26

世の中は、もって生まれた性格、――たとえば情熱といったようなものだけで渡るわけにゆかないことは誰でも知っています。

けれど、それだけだって、立派に生きてゆくことも、いいものをつくることも出来ると思います。ようするにそれは分量の問題なのです。

もし生得《しょうとく》の情熱がほんとうに強いものなら、人は冷静に素描的な技法を勉強するでしょうし、役者はわき目もふらずに型の練習に励むでしょう。また多くの、他人の目には無駄なように見えることもしてみるでしょう。

ただ東洋人と西洋人が違うばかりでなく、私達一人ひとりもまったくの赤の他人なのですから、それぞれ異なる立場からものを見ているわけになります。が、私達はよくそうしたことを忘れます。忘れても構わないのですが、たまに思い出してみる必要はあると思います。相手の人が、何処《どこ》に立って、どのくらいの高さから、ものをいっているかということをすばやく見てとる練習をつむことは決して無駄にはならないと思います。

27

外国語では、否定はどこまでも徹底的に「ノウ」でもっておし通しますが、日本語の場合は、否定を肯定する意味でも、「イエス」といいます。そのためにとてもおかしな間違いがしばしば生じるものです。

これは、サンフランシスコ埠頭《ふとう》における一風景であります。

税関吏（葉巻を噛《か》みながら）「何か税のかかるものをお持ちかね？」

日本人「ノウ」

税関吏「ノウ？」

日本人（得々として）「イエース」

税関吏（びっくりして）「イエース？」

日本人（断乎として）「ノウ」

税関吏（いら〳〵して）「ノウ?」

日本人（もっといら〳〵して）「イエース」

…………

かくて税関の官吏はからかわれているのかと思ってカンカンになります。日本人は、痛くない腹までさぐられて、ひどい奴《やつ》、といって大いにふんがいします。小さなことばかりでなく、大きなことでも、目に見えないことでも、こういう間違いは、思ったよりずっとしばしばおこっているのかも知れません。両方とも解かりようもないために。

英語が出来ればこんなことはわけなく解決します。けれども、いくらべらべらしゃべれても、それで外国人が理解出来るとは限りません。むしろ、どんなに我々日本人が彼らと違うものであるかと知ることの方が先決問題だと思います。

習ったら出来るようになる言葉なんてものは、たまに便利である以外になんの用もなしはしません。

28

野蛮なものほど強いというのは、どうにも仕様のないことです。

健康なものは野性です。

温室の花は野性の植物よりも弱く、もって生まれた人間の性《さが》は、一生を通じて変わるべくもありません。

大衆の力は個人の叫びよりも強く、しかも一人間の獅子吼《ししぼ》えが大勢を動かすことも出来る、それはなんとも不思議なことです。

たとえば世界的な農業恐慌がおよそ何年のいつ頃に来ると前もってはっきり解

かっていても、きわめて消極的な予防をするほか、人間の力をもってしては如何《いかん》ともなしがたい、——等々と、ある日海を眺めながら私はそんなことを思っていました。荒海の、寄せては返す浪《なみ》を見つめつつ、私の想いは同じようなところでしばし渦を巻きます。それに、その日はたいへん暑い日でもありましたので。

……

私は長いこと、去年の秋から今年の夏まで病気で寝ていました。その間ほど、海にあこがれたことはありません。ふだんは思い出すこともないような海辺の景色が、浪が、潮の香が、まるで水に飢《かつ》えたものの如《ごと》くもの狂おしいまでに胸にせまります。おそらく海辺に住む人には、それは想像もつかないことでしょう。私は、毎日むなしく病の床に、山を眺め竹を眺め、冬から春、春から夏へかけて、雪に桜に、浪のしぶきを夢み、青嵐《せいらん》の音に磯の松風を思うのでした。

久しぶりに、病気がなおって来て見た大きな海の景色は、案の定私を感激させました。しかしその興奮はながくはつづきませんでした。なぜなら、私が愛するには、海はあまりにも大きく広く果てしもなく、手に負えぬものでありましたから。

しばし茫然《ぼうぜん》と立ちつくし、浪の音に聞きほれ、潮の香を心ゆくまで吸いこんでいるうちに、心の中に次から次へと頭をもたげたさまざまの想いはみるみる色あせてゆきます。それらは、ただ断片的な考えのままで渦を巻きつつ崩れ果て、ついに水泡《みなわ》となって消えてゆきます。そうして私は浪にのまれ、潮の香の中にとけてゆくのを感じつつ、うつらうつらと夢みるのでした。

いつの間にか私はしばし松の木蔭《こかげ》で眠ったようです。

ひとときの眠り。

この甘美な、この泉のように尽きることなき流れ。

短かったかも知れない、が、私には非常に長い間のように思われました。長い間、ほんとに長かった病気の間中、私はこんなにいい気持ちに眠ったことはありませんでした。そんなものはとうの昔に忘れはてていたのです。

つづいて、戦争の負傷によって何十年も眠ることが出来ない人がいることを思い出しました。その人の脳は、眠りを忘れはてているのです。これはなんというおそろしいことでしょう。

眠りと忘却。この二つは似たようなものです。人間がありとあらゆることを覚えていたらどうでしょう。無論私の脳の一部は日々刻々記録をとるに忙しいでしょうが、さりとてこの私は、幸いなことに、ほんの少しの出来事しか覚えてはいません。ロシアにはしかし、見たことも聞いたことも、一つとして忘れない農夫がいる、と誰かが話してくれました。これもなんというぞっとする話でしょう。眠りを忘れ、忘却することさえ忘れつくす、――きっとそれは脳の一部のほんのちょっとした、針で突いたほどの傷がなすわざでしょうか、眠りを忘れた人間の苦しさは、私には想像も出来ません。まして、忘れることさえ忘れつくした人の苦しみは想像のほかです。それでもなお生きてゆく、人間とはなんという強い動物でありましょう。なんという野蛮なものでしょう。

私達は、海に住む貝類に比べたら、まだ歴史のほんとうに浅い、生まれたばかりの新しい生物です。眠りと忘却。そんな他愛ないいこいを必要とするほど原始的なものです。ナポレオンは二時間しか寝なかったといいますが、今に人間も眠ることを必要としなくなるのかも知れません。

長い間を病床で送った私が、大洋にあこがれたのも不思議ではありません。つめたい水に触れ、熱い砂をふんで帰る道すがら、半年の長い病がまったく癒えたことを、私は初めてはっきりと、目に見るように知りました。

29

涙は一種の排泄《はいせつ》行為であります。悲しみの淵《ふち》から涙ほど人をよく救い上げるものはありません。

しかし一方に、大人にとって涙をこぼすほどむずかしいことはないと思います。思う存分泣くことが出来ないくらい世の中に苦しいことはありますまい。それに比べたら、悲しい筈の涙というものは、なんとたのしく、なんと陽気なものに見えることでしょう。

よく人が死ぬと、その身内の人々の気持ちになって、わけなく涙を流す人があります。その人はたいへんに仕合わせです。他人は、なんという優しい心の持主だろうと思うでしょうし、自分はそうすることによって大そう簡単に重荷がおろせますから。

けれども、もしほんとうにその親とか子の身になったら、涙も流すことが出来ないほど悲しい筈です。苦しい筈です。そう思うと、折角喉元までこみあげて来たものが、目鼻にまで達し得ないで、涙はかえって苦汁となって逆様に喉を下る思いをするのです。だから私は、お葬式に行くのが大嫌いなのです。

お葬式に行くと知らない人だらけです。ぜんぜん知らないならまだしものこと。知っているくせに知らない人達ばかりです。彼らは殆ど楽しげにさえ見えます。口先では神妙にお悔やみをのべて、悲しそうな顔をして、そうして事実は、「自分は生きている」とでもいいたげな、ある種の優越感にあふれています。そして、ともすれば、私自身までがその中にひきずりこまれそうになる、……人間とはなんという弱いものでしょう。

結婚式においてもそうです。心からたのしいのは僅かの人達で、後はただ見物人でしかありません。だまっていても目は明らかにお互いの品定めをやっています。その目は、ほんとうに幸福をねがっている人のそれではありません。ああ、ほんとうにいやなものは結婚式とお葬式です。馬鹿々々しいものは社交の世界です。

せめてそうした所で私達が習うものは、どんなに人間が馬鹿げたものかということです。だから私は、まんざら社交を軽蔑するものではありません。その中に笑顔でもって交じっている自分自身も、少しも人に変わるものではないということが、いかにもはっきりと認識されるからです。

人が多ければ多いほど私達は孤独を味わいます。大勢いればいるほど退屈を感じます。むしろ一人でそっとおかれる方がどんなに忙しいか解かりません。どれほどたのしいか知れやしません。離れてみたら、人間ほど美しくかつ愛すべきものはないように思われます。しかし、傍《そば》へ寄ったらこれほどいやなものはないのです。

「人をにくまず罪をにくめ」といいますが、では、「人を愛さず美術を愛せ」ということも出来る筈です。事実そういうことを地で行っている人達もあるようです。人間が嫌いなために美しいものを愛するという、……私達女もその中にたまには入るのかも知れませんが。

男が、男に、そして自分に愛想をつかした時、必然的に彼らは女を非常によいもの、美しいものの如くに思いこみます。それも人間の弱さから。ですから、女は反対に、たよりない馬鹿みたいな人であればあるほどよく見えるのです。思えば、女が馬鹿であることほど強いものはありません。それほどこわいことはないのです。

「人を愛さず美術を愛せ」と。

しかし、そうは問屋がおろしません。それではついに美術のなんたるかを理解するわけにはゆくまいと思います。たとえ人は美術家と呼ぼうとも。

人間はいくら嫌っても嫌い足りないほどいやなものです。が、いくら美しいものでも、ひと度浅ましい人間の手によって成ったものという、動かすことの出来ぬ最後のものにつきあたったら、どれほど美しい芸術も、しょせん同じようにいやに見えて来る筈《はず》です。そうして、その最後のものに突きあたらぬかぎり、いつまで経ってもいじくりまわしているにすぎません。男にとって、それは女だとて同じことです。

ですから私が思うのには、まず人間を愛するところから出発した人でないかぎり、あるいは出直さないかぎり、ものの側からのみ眺めていたのでは、ほんとうの美術家でも芸術家でもないといいたいのです。

お釈迦《しやか》様やキリストほど、人間がいやなものであることを知っていた人はありません。だからこそ哀れんだのです。身にかえても愛したのです。嫌いであることが多ければ多いほど、愛する分量も多いのだと思います。上へ高く、下へ低く、——人間の大きさというものは、その間の尺度のことをいうのではありますまいか。そして、それは同じように、下へ一寸さがれば上へも一寸あがるといった工《ぐ》合《あい》に成長するものではないでしょうか。

しょせん世のもろもろの美しきものに私達があこがれるのも、人間の弱さからであります。それが堕落しやすい私達を辛うじてささえもし、またそれらのものの前でなら、感傷的になることなく、安心して、手放しで涙をこぼすことも出来るのです。大人も泣くことが出来るのです。

自分が弱いものであることを痛感しないかぎり、芸術家でも美術家でもありません。人間の感情、気まぐれな好みとか、たよりない言葉は十人十色であり、その時々変わるものであるにかかわらず、また美しいものは世の中に多いにもかかわらず、美はたった一つしかない、——そういうことを美術は教えます。たった一つしかないからには、それはものの美しさであるとともに、それをつくった、あるいはそれをつくらせた人の美しさでもあります。結局、真の人間嫌いとは、ですから、ほんとうは誰よりも人間を愛する人のことをいうのです。

親鸞上人《しんらんしょうにん》の言葉に、善人はみな仏によって救われる、「いわんや悪人をや」というのがあります。私はわざわざ悪人になろうとは思いませんけれど、悪に徹するということは真の善人になるのと同じことです。しかしなかなか一事に徹するのが難《かた》いように、ほんとうの悪人にも善人にもなりきれないで、いい加減のところをうろ〳〵している人々がたくさんいる世の中です。美術にしても、どうでもいい、いい加減なことをいって、たとえばある一つの陶器のまわりをぐるぐる回っている人達がいます。美術は好きでも私には大して解かりもしませんけれど、そういう人間にだけはなりたくないと思います。たとえ初めはものの側から入っても、人間と物質の境目に突きあたった、――その時、翻然として「人間」に還《かえ》りたいものです。なぜなら、昔々私達が生まれて来た、其処《そこ》が故郷であるからです。

II

成熟について

新しい女性のために

若い方達のために何か書けとの御依頼です。教養とか文化とか幸福についてとか。

で、私は机に向かいました。何を書こうとするのか、自分にもはっきり解からぬままに。

実はそういうことについて、私はまだ何も考えてもいないし、考えたこともないのです。と、そういったらずい分無責任だと思う方もあるかも知れません。しかしたとえば教養というものについて、ある一つの考えをもつことと、数養が身につくということとは、同じようでもまったく別の問題であります。

まして、思想家でも学者でもないこの私が、立派な理論などもち合わせている筈《はず》もありません。無理にそんなことを試みるよりも、むしろ私は、自分の言葉でもって、きわめて自由に、胸に浮かぶがままに書いてみたいと思います。たとえていえばこのように――。

教養とか文化とか幸福とかいうものは、目下《もっか》の流行語であります。なぜでしょうか。

読者が欲しないものを作者が提供する筈がありません。本屋が売れない商売をする筈もありません。作者と読者、あるいは売る人と買う者といったようなものは、ほんとうはその言葉どおりに対立するものではなく、また対立させて考えるべきではないと思います。それらの間には、無言の契約みたいなものがあって、以心伝心のうちに、いつもないものをほかにあたえようとします。

ないもの、——この場合、作者にあって読者にないものが、教養その他のよきものであるという意味ではありません。人は仕合わせだったら、決して幸福などについて考えてもみないでしょうし、文化人もまた、文化について考えるなどという気は、おそらく馬鹿々々しくて起こりもしないでしょう。ないからこそ考えてみたくもなるのです。自分にないものはいつもそのように美しく見えるのです。ですから、読者になくて作者にあるものといったら、ただ「言葉」だけということになります。そして、その言葉を吐かずにはいられない、それほど、我々に文化がない、教養がないことを身にしみて知っているということも出来ます。

しかし、いたずらに我々日本人が、ないないづくしのような泣き言を並べたてて悲観するには及びません。そんな呑気《のんき》なことをいっていられる身分でもまたないのです。今我々はそれらのものをもたないために、昔健全そのものであった古代人達の想像もつかないほどの、若々しい、溌剌《はつらつ》とした精神にあこがれます。その存在を信じもします。同時に、もしかするとそれを自分のものにすることが出来るかも知れないという希望ももてるわけになります。「求めよ。さらばあたえられん」です。また、「貧しき者は幸いなり」という言葉は、単に物質的、あるいは精神的な意味にも受け取れるでしょうが、今の私達の姿、ありのままのその私達の生き方にたとえたとて、少しもさしつかえはないものと思います。

ところでその教養とか文化とか、健康な精神とかは、いくら掛け声だけかけてもダメなのです。もてといってもてるわけのものではなく、来いと叫んでも来やしません。だいたい日本人というのは非常にせっかちな国民です。何か結果がすぐ眼前に現れないと気がすまない。いつでも何につけ、長所はそのまま短所である場合が多いのですが、そういう性質のために、進歩が早いという事もあるかわりに、長いことかかってする仕事は甚だ性《しょう》にあいません。まして、文化や教養などというものは、一生かかっても身につくかどうかおぼつかない、それほど漠としたものであります。其処《そこ》から覚悟してかからないかぎり、いくら考えてもあこがれてもなんとも仕様がないことです。

そういうものを、さもあるが如《ごと》くに、目に見るが如くに語る人は、どういうものかと不思議にさえ思われます。百円だして百円の物を買う。それはほんとうに物質の世界においてのみ可能なことであって、そういう考え方をもって、頭の中まで片付けてしまうのは、簡単でもあり、さっぱりもしましょうが、実はなんの足しにもなりはしません。それではおなかが減っている時に、お米の値段とかつくり方に対する知識を、豊富にもち合わせていてもなんにもならない、それと同じようなことになります。

えてして頭がいいといわれる人達のなかに、そういうあやまちを犯す人が多いのも事実です。自分にはみんな解かっている、自分には何事でも説明がつけられる。……

実際説明はつきましょう、オッムもなかなかよろしいのでしょう。けれども、その人の「人間」ということになると、これはまったく別問題です。

しかし、おそらくその人は、自分には人間というものがよく解かっている、というに違いありません。そして、それにつき、多くの理由をあげるでしょう。相手はだまってしまう（なぜなら、人間はそう簡単に片付けるわけにはゆかないものですから）。そしてその人は満足する。が、満足したとて決して仕合わせではあり得ません。観念的に頭の中ででっちあげたものは、じっとしていればこそ形も崩さず綺麗《きれい》な顔でいられましょうが、一度世間に出たらそれっきりです。世間とは、頭の中のように適当な温度で温められている場所ではありません。清潔で整頓された戸棚のようなものでもありません。そして世の中の人という人はすべて、規則正しい折り目のようなものではありません。始終こんがらがったり、逆様になったり、滅茶苦茶にもつれあったり……。

で、先にいったような人はたいへんに不幸な目に遭うのです。あらかじめ立てた計画どおりにことが運ばぬために、必要以上に落胆するはめにおちいります。

理論的にはたしかに正しいのですから、おそらくその人はこう思うでしょう。——自分はあくまでも正しかった、うまくいかないのは世間が悪いからだ、と。

これはうぬぼれというものです。自分を信ずることはいいのですが、自らとは、自分の人間のことであって、自分の頭脳、――わずか肉体の一部をしめる脳ミソのことではないのです。

科学というものも、ただ今はこれも流行《はや》りの一つです。何事も科学的にというのは現代日本の合言葉であります。たしかに、科学的な精神に欠けていたために日本人は戦争にも負けたのでしょう。いわゆる文化的にも色々のハンディキャップがあることでしょう。しかし、頭が人間の、それも肉体のほんの一部分であるが如くに、科学もまた大きな文化と称するものの中の一部です。ですから、あまりに科学的にとばかり目ざしたのでは、結局頭のいい人が立派な人間になるとはきまらないように、文化的には程度の低い人にならないとも限らないのです。

考えることが悪いというのではありません、知ることが邪魔するのでもありません。知識とか博学とかいうものが、何ものかの原動力とならぬかぎり、あっても仕様のない、むしろ害になる場合が多い、といいたいのです。それでは他人の中に入って一歩も歩けない人間になるだけのことです。昔はそれでもよかったでしょうが、現在の我々は、じっとしていたのでは、身心ともに餓死するよりほかはありません。そこで明敏な読者は、もう私が何をいおうとしているのかお解かりになったと思います。すなわち、——人間をつくる以外のところに、人間としての仕事はないということ。

学問も教養も、文化も知識も、すべてはただそれのみのためにある、といってよろしい。それのみのために利用すべきです。それは自分以外のところにあるのではなく、手足の隅々まで行き渡る筈《はず》のものです。ただ観察したり、目で読んだり、耳に聞いたりするだけでなく、よろしく食べてしまうに限ります。頭でっかちは通用しません。四肢の隅々までのびのびと育った人でなくては、健康な美しさというわけにはゆきますまいに。

だいたいいくら利口者でも一個人の知識は限られたものですが、まして私などの知る範囲はごく小さな部分であります。しかし、私は、私のありったけ全部を此処《ここ》に書くつもりです。日記のように毎日少しずつ、とりとめもないままに。

人の知識に限度があるように、言葉というものにも限りがあります。いくら多くをいおうとしても、いくら美しい文句の数々を編み出そうと、言葉のもつ力は知れたものです。そこはかとないそのようなものに、なかばたよりつつ、なかばあきらめつつ、私はその中間にあって、ものを思います。思わぬに越したことはないのですが、書こうとするかぎり、読者に対してもまた同じような態度でのぞむよりほかありません。しかし、こんなことは前もってお断りするより、読んで下されば次第にお解かり下さることと信じます。「百聞は一見に如《し》かず」とは、言葉の場合にも通用する、融通自在の、つねに古くかつ新しい諺《ことわざ》であるのです。

智恵というもの

ある時、私はアメリカの女の人達と一緒に食事に招かれました。一緒によばれたのは、みな名流の婦人達。学問も教養もふつう以上にある筈《はず》の人達でした。ちょうど第一回の選挙華やかなりし頃のことでしたが、その中の一人が曰《いわ》く。

「ほんとうにたいへんでしたのよ、……今日は大事な会でしょう、……私、日本の女が無智《むち》だと思われるといけないと思って、三日がかりで選挙法やら憲法やら、ほんとに夢中で覚えて来たんですよ、……今の女がそんなことも知らないといわれては恥ですからねえ」

ああ奥様!!

私はほとほと涙もこぼれんばかりです。これが学問とか教養とかいわれるものなら、私はそんなもの軽べつします。それよりも、これが現代の日本の女というものなのでしょうか。一夜漬けの、浅はかな、愛すべきがゆえににくむべき。

……

たしかに昔の女の人はこんなに浅薄《せんぱく》なものではなかった筈です。私達の母も、私達の祖母も、憲法こそ暗記してはいなかったが、もっと立派な、もっとたのもしい人達でした。

彼らは私達ほどに勉強もしませんでした。男女も同権ではありませんでした。それにもかかわらず、押しても突いても動かない、非常に強いものをもっていました。純粋に家庭の人としての生活の中から、私達のいい加減な学問や教養が教えるより以上のことを、ものを、彼らはたしかに得ていました。そして、一人の人間として、まったく男と同等の力と、それから責任を感じていたに違いありません。

そうです、つまり無責任なのです、現代人は。誰に対してでもありません、まったく自分自身に対して、責任を果たしていないのです。そうでなくて、どうしてその場限りの、いわばメッキをつけるようなことをするでしょう。選挙法を知ることも、憲法を覚えることも、それは非常に結構です。しかしそれを御披露したところで、外国の女がなんで感心するものですか。むしろその話題のなさかげんにうんざりするか、あるいはまた、その無邪気さかげんを気の毒に思うくらいが関の山です。

無智と、その奥様はおっしゃいます。しかし、智恵《ちえ》とはそんなケチなものではありません。智恵は、百科事典の中に決して発見出来るものではありません。仏様には光背《こうはい》というものがありますが、智恵もそのように、身からあふれて外にほとばしる光ともいうべき後光のようなものであって、それらはすべて頭脳明晰《めいせき》とか利口とかいうことと、なんの関係もないものなのです。

それについて、面白い話を思い出します。それはトルストイの書いたものの中にある話です。かいつまんで申しますれば、

――昔ある所に一人の男がいて、その者は機械についての知識は皆無であったが、水車を動かすことが非常に上手だったので仕合わせに暮らしていた。ある日ふとしたことから水車の構造に不審の念を抱いて、その回転する理由を考え始めた。その結果、水車の構造のことは全部解かって、更に「水車を知るにはまず河

水を、よく粉をつくるにはまず水を」といって、水流、ならびに河水に至るまでの研究をことごとくしつくし、なおもその考察に没頭した。しかし、その時分にはこの男はとっくの昔に、水車のことなど忘れてしまっていた。

この場合、水車を動かすものが智恵であって、水車の構造及び水流その他は知識です。智恵は総合的であり、知識は分析的であるともいえます。この男の目ざしたところは、どこまでも真面目であり、熱心であり、自分の仕事に忠実でありまず。その点、文句をさしはさむ一つの余地もありません。それにもかかわらず、水車は動かないのです。よい粉はおろか、悪い粉の一粒も製造してはいないのです。これでは何になりましょう。しかし、よくよく思えば、私達もこの男のように、ものが割り切れ、ものを理解出来ることの快感に、ともすれば、水車の存在という、根本的なものを忘れがちではないでしょうか。

その話につづいて、私の連想は次の問答にはしります。

道元《どうげん》という偉い禅僧は永平寺《えいへいじ》をおこした人ですが、その人が中国に渡った時、宋の禅林において、ある一つの教えを受けました。ある日、書物をひらいて勉強していますと、先輩が来て聞きました。

「語録を見て何にするのか？」

「古人のしたことを知ろうとするのです」

「なんのために？」

「日本に帰って人を導くために」

「なんのために？」

「救うために、です」

「つまるところ、なんのために？」

禅の問答なんてものは、我々とはおよそ縁の遠い、わけの解からないものですけれど、いつでも、何かしら人の心の底の底を衝《つ》くような、いわゆる肺腑《はいふ》の言《げん》といったようなものを感じます。

「つまるところなんのために？」

——私には解かりません。しかし、この答えがもしいえたとしたら、更についで、「なんのために？」と聞かれるに違いありません。たとえ自分一人を相手にものを考えるにしても、其処《そこ》まで問いつめなくては、まったく「なんのために」しているのか解からなくなります。

世間一般に通用されている道徳。人のために善を行なうのは無論いいことです。そしてそれは、しようと思えば誰にでも出来ることです。しかし、自分に対しては、人はもっと峻烈《しゅんれつ》に批判せねばなりません。案外しているつもりでも、都合よく自分と妥協して実は甘やかしている場合がないとも限りません。たとえば智恵というものを欲するにしろ、それはまったく自分以外の誰のためでもありません。つもりつもっては、人のためにもなるのに違いありませんけれど、ないものは出せないのです。小さな〳〵こと。たとえば電車の中で老人に席をゆずるといったような、そんな些《さ》細《さい》なほどこしでも、みなもとは私達自身の善になるのではありませんか。まして、人間をつくるためにものを考えるというねがいをもつ場合、その考えを、自分に楽に解かる範囲内でいい加減に卒業させてしまうのは、善ではなくてむしろ悪といいたいほどです。

「いかにして」、「なぜ」、「なんのために」、——問題は手あたり次第そこら中に転がっている筈。そして追いつめ問いつめ自問自答をするうちに、必ずハタと行き当たるものがある筈です。

それが、あなた、です。それが、あたし、です。

それが総合的に統一のとれた一人の人間の姿です。少しもあいまいなところのない、いかにもはっきりした自己の姿であります。おそらくそれは大した立派なものには見えますまい、もしかすると小さな小さな、ほんとにつまらないものに思われるかも知れません。しかし、いかに小さくとも、いかにみじめに見えようとも、それはそれなりで美しいのです。どんなにみすぼらしくとも心身ともに健康な人が美しいのと同じように、芸術でも人間でも、総合的な美しさにまさるものはないのです。またその姿は、知識では決してはかり知ることの出来ぬ、見ることも出来ぬものでもあります。智恵は、そうしたところから生まれて来るのです。

私はその姿を、ああだ、こうだ、と形容する気はありません。それはまったく人の知ったことじゃないからです。私はただ、そういう訓練を自分でもしたいと思い、人にもおすすめするだけのこと。実は禅宗などともなんの関係もないことなのです。

「人生は重荷を負いて遠き道を行くが如し」。古人のこの言葉は、おそかれ早かれ身にしみて知らねばなりますまい。が、重荷とはそもなんでしょう。ある人にとって、それは苦労という形をとるかも知れません。ある人には病気、またある人には仕事。しかしまたある人には幸福というもの、はては才能に至るまで、重荷にならないとも限らないのです。

人間を知るということは、ある意味で幸福なことでありましょうが、同時に、不幸でもあるようです。知れば知るほど解からなくなる、知れば知るほど、善も悪も、果てしもなく大きく、深く、とめどもなくなってゆきます。もし、ほんとうに心《しん》から底から幸福をお望みなら、必ずそれはあなたのものになるでしょう。しかし、同時に、不幸をしょい込むだけの覚悟がなければ、そんな望みは捨ててておしまいになるがよろしい。

幸福というものは形のないものです。自分のものになったにしろ、手にとってつくづくと眺めて陶酔するわけにゆかないものです。手にとろうとすると幸福ははるか彼方《かなた》に逃げてゆく、人はそれに追いつこうとする、追いついた時は既にあっちの方に行ってしまいます。それでもなお追求しようとする。それだけの勇気とねばり強さをもたないかぎり、私達は甘んじて、くだらない結果に終わらなくてはならないでしょう。

なんでも一芸に達した人は、時に、有り難い玉のような言葉を吐きます。今から五百年ほど前、能の芸術を完成させた世阿弥《ぜあみ》という天才は、自分の体験から、一つの智恵を生みました。

「命には終わりあり。能には果てなし」

世阿弥にとって能の芸術は、たのしみであり、くるしみでありました。この「能」の一字は、なんとでも自由におきかえることが出来ます。あなたのお望みの言葉をこれにあてはめてごらんなさい。教養、文化、人間、または他の色々のお仕事。

「まさにそのとおり」ではありませんか。そうでない、という方は、それほど切に望んでいないか、ほんとに仕事を愛していないか、それともうぬぼれているか、そのいずれかです。

愛するということは、愛を求めることではありません。男でも友達でも自分でも仕事でも、ほんとうに心の底から愛したことのある方は、胸に覚えがおありでしょう。おさい銭次第でそれ相当の御利益《ごりやく》があると思う、――それは信ではありません。愛ではありません。広大無辺の智恵、お釈迦《しゃか》様もキリストも、その智恵はみな人を真に愛したところから得たのです。ですから私達の切なる祈りも、何も還《かえ》って来ない、果てしもない空《くう》へ向かってなすべきです。仏像とか十字架は、ほんのちょっとした目じるし、神を思い出させるための手段です。しかし、それはそれで、聖なるものの象徴には違いないのですから、私達は大切にしなければなりますまい。

おさい銭次第で、と書きましたが、おさい銭にもよりけりです。我が身をささげるほどのおさい銭なら、必ず神や仏も聞いて下さるでしょう。因果応報とは、単なる方便ではありません。暗愚なる大衆をちょろまかす、都合のいい教えではありません。神の高い智恵から見おろす時、暗愚なる大衆も、明敏なインテリも、みなひとえに平々淡々とした哀れむべき衆生《しゅじょう》にすぎず、一切はすべて平等なのです。その私達が全部を捨てて、自我を滅する時、必ずそこに智恵は生まれて来るでしょう。私はそれを信じます。

私はキリスト教徒でも仏教信者でもありません。けれど、神様は、信じます。

進歩ということ

水車の話に戻ります。

水車の男が機械とか水流とかの研究をして知識を得た、——ごく当たり前の常識では、それを進歩と名づけます。たとえば人の生活程度が高くなったり、お台所が電化したり、一般的に文化の水準が高くなったり、そういうことをもって進歩とし、また幸福であるとするのは、ふつうの考え方です。誰も異存はありますまい。

しかし、此処《ここ》において、人間の人間たる所以《ゆえん》が猛然として頭をもたげます。なるほど生活程度は高くなった、が、「人間」というものが果たして進歩したか、しないか。その疑問は、少し考えてみるならば必ずおこって来るべきです。

水車は止まったきり回らなくなったのです。ダ・ヴィンチの『モナ・リザ』を描《か》くだけの人は、今の世の中にはもういません。我々の中にシェークスピアはおりますか? おりません。それにもかかわらず、絵画や文学を解する人、またそれを云々《うんぬん》する人は日にまし多くなるばかりです。それをもって教養と人は名づけて珍重します。けれど、一方には、教養なんてつまらないものだ、という人もいます。実際、考え方によっては、まったくくだらないものには違いありません。

まったくこれは変なことです。だから、人間は解からないもの、と私は思うのです。この矛盾をいったい私達はどうすればいいのでしょうか。その人間のつくった厄介なものの一つにまた例の文化というものがあります。いったい文化とはなんですか。

たとえば、天平《てんぴょう》時代の文化というものは、たしかに存在しました。この目で見、この手に触わることが出来るほど、それほどはっきり疑いもなく残っています。飛鳥《あすか》・天平の人々は、しかし、ああいう文化を残そうとあらかじめ思ってつくったでしょうか、どうもそうではないように思われます。おそらく、文化なんてことは考えてもみずに、ただひたすらに、情熱にまかせて歌をよみ、信仰にまかせて仏を刻んだ、――私にはそうとしか思えません。

聖武《しょうむ》天皇は奈良の大仏をおつくりになって、極楽に行こうと思し召《おぼめ》しはしましたが、まさかその功徳《くどく》によって進歩しようとはお思いにならなかったに違いない。利口になろうとおねがいになったわけでもないでしょう。また、西洋のルネサンスの美術史をちょっと読んでみても、あの数限りもない絵かき達はみな一介の職人で、彼方《あっち》に雇われ、此方《こっち》に雇われ、雇い主の勝手気ままな言い分に弱りつつ、ひたすらたのまれた仕事に精を出すばかりで、あんな立派な、あんなまぶしい文化なるものを残そうとは、夢にも思わなかったに相違ありません。そう考えると、文化もまたそれ自体、なんというつまらないものでしょう。

つまらないといえば、仏像も十字架もみんなつまらないものです。昔禅宗の坊さんの中には、わざわざ仏像を毀《こわ》したり、焚《た》き火にたいたりした人もあります。これは一種の逆説です。そうして形式にとらわれている哀れな人々のために、根本のものを忘れさせないための、ほんとうに一途《いちず》な親切気からしたことで、決して奇矯な行為でも、人目を驚かすためのわざでもないのです。

いったい人を驚かすような新しいものが果たして世の中にあるでしょうか。手近なスタイルブック一つとってみても、なんという十年一日《いちじつ》の如き、同じような形でしょう。海水着は、恥ずかしいほどハダカになりました。けれど、アフリカの女性の中には、もっとハダカの人もいるのじゃないでしょうか。アフタヌーンが長くなりました。でも、たかが三時がとこです。反対にイヴニングは短く、そして、アフタヌーン・ドレスと同じくらいになりました。ああ、なんというつまらない世の中でしょう。本なんて、どれもこれも同じよう。当たり前のことしか書いてない。ちょっとうまくいうか、ちょっと不味《まず》いか……。文学なんて『万葉』時代からちっとも進歩してはいないのです。

ちょうど、幸福が結果のようなものであるのと同じく、文化なるものも、ある一時代が終わってからほど経てはっきり形を現すものです。昔から、「幸福」そのものを書いた小説も論文もありません。それは、其処《そこ》に至るまでの過程、あるいはまた、不幸という影をつけなければ、幸福の姿は決して現れるものではないからです。文化もそれと同じように、文化をつくろうと決心しても決して出来るものではありません。人々が異常な関心をしめそうと、反対に、きわめて無関心であろうと、そんなことには少しも構わず、文化は存在したりしなかったりするのです。

ですから、進歩というものを、ただ前を向いてまっしぐらに突進すること、と正直に考えたなら大間違いです。後で水車は止まるのです。進歩というその字の如く、前に進んで歩きつつ、いつも水車をふり返ってみなければなりません。

原子爆弾もペニシリンもあきらかに進歩です。立派な、歴史的事実です。しかし、その進歩によって、「人間」が進歩したと考えるのはあやまりである、といいたいのです。それは科学の進歩であって、……その科学とは、そもそも人間が発明したものではありませんか。もしこれによって人間が進歩したものと錯誤をするなら、科学の力に人類が負けたことになります。そしてついに、自らつくったものに滅ぼされる、そういう日が来ないことを私は心から祈ります。

あなたも、わたしも、進歩しようとしたって、進歩なんかしやしないのです。それはきっぱりあきらめるべきです、男らしく、いや女らしく。そんなものには見向きもせず、ただ一心不乱に自己の人間を育てようではありませんか。文化とか進歩とかいうものは、悪い悪い奴《やつ》です。悪魔です。そんなものの誘惑にはのらず、ひたすら自らを信じましょう。自信とうぬぼれとは違います。自信は生産的ですが、うぬぼれはありとあらゆるものを破壊しつくします。科学の進歩即人間の進歩と考えることも、一種のうぬぼれに違いありません。そのうぬぼれは、ついに人間が自らつくったものの主《あるじ》となることも出来ずに、この二つの手を、この頭脳を過信するあまりに、かえってそのものに食われてしまう結果におちいるのです。科学の人類に対する復讐《ふくしゅう》の形をもつ、これは神の天罰です。これは真に不幸な出来事です。

こんなことは考えるだに悲しいことですが、もし読者の中に、自分をあまりに理想型の、観念的にある一つの型にはまったものに（あえて人間とは申しません）無理矢理にはめこまれ、石膏《せっこう》人形の如くつくりあげられ、そのために両親を恨んでいるような方はないでしょうか。なければ幸いです。しかし、もし一人でもあったら、ただちに親をにくむことだけはおよしなさい。それは自他ともに非常に不幸な、そして賢いことではありませんから。親にしても、子供のために、よかれとねがってしたことにきまっています。それにその石膏の型ほど毀《こわ》すに容易なものはありません。ただ、自分が一人の人間であることを自覚しさえすれば、そんなものは、一夜の悪夢の如くバラバラに崩れてしまうでしょう。

にくむより、愛すること。女が三人よれば姦《かしま》しいと、昔からきまっていますものの、単なるうわさ話も、人をにくんではいたしますまい。反対に、もし人を愛するならば、つまらない世間話も、おのずから人間を知る機会となり、また自らを育てる糧《かて》ともなりましょうものを。思えば、世の中につまらないものなんて、一つとしてない筈です。たとえ路傍の小石一つにしろ。

私は、つまらない、馬鹿々々しい、と何度か書きました。小石はほんとにつまらない。それはいつわりのない事実です。しかし、とりあげる人間次第で、それは面白くもなり、尊くもなり得る、……またしても人間とは、なんというわけの解からないものでしょう、結局話はいつも其処《そこ》へ落ち着くようです。

それなら、人間もつまらないではないか、とすぐ気がおつきになると思います。

私は、あえて、そうです、とお答えします。

しかし、其処《そこ》で留《とど》まってはなりません。もう一度わが身にお問いなさい。ほんとにそうだろうか、ほんとに人間とは、つかみどころのない雲の如《ごと》く霞《かすみ》の如くはかない存在であるのか、と。

それが智恵というものです。そして、あなたの智恵は、こう答えるでしょう。

人間はつまらない。イコール、わたしは、つまらない。しかし、——。

そのつまらない私が、「人間をつまらない」と考える、そのことすらつまらないことではないか。少しむずかしくいえば、般若経《はんにゃきょう》に説かれている、空《くう》を空と観ずる思想にこれは相通じましょう。一切は空。しかし、一切を空と観ずることもまた空、とさとるのです。

否定をも否定しつくせば、すなわち肯定となる。こんなやさしい理論はないでしょう。しかし、其処が「終わり」と思ってはいけません。それが「さとり」と安心してはなりません。それは、まだほんとに今しがた始まったばかりなのですから。

多くの人は、始まりもしないで死んでしまいます。それではこの世に生まれなかったも同然です。文化というものは、ごく少数であろうとも、真に生きることを知る人々の手によって築きあげられます。自分一人がしょって立つ、という気負った気持ちも若い人にはいいでしょう。しかし、それは自分一代で完成されるものと思うのは、間違いです。そう思っては、世の中はあまりに愚劣で失望するにきまっています。それには自分がいとも小さな一人の人間であることを知り、同時に、いかにも大きな文化を構成する一分子であることを知ることが必要であると思います。

自分の周囲というものは考えてみればほんとうに小さなものです。私達はごく少数の人々しか知らず、小さな日本の国のごく限られた場所に生活しています。しかし私達は、それだけを目あてに暮らしているのではありません。世界中が相手なのです。そう思ったら、少しばかりの不愉快な出来事も、僅かな他人の思わくも、取るにも足らぬ些細《ささい》なことに思われるでしょう。そんなことに構っていられるほど私達はひま人ではない筈です。始まりもしない人々を相手にしていたのでは、いつまでたっても自分の生活をするわけにはゆかないでしょうに。

世阿弥《ぜあみ》の言葉のように、人の命には終わりがあるでしょうが、文化には始めも終わりもありません。更に、もし自分がその大きな文化の中にとけこんでしまうなら、個人の命にしても〝始〟も〝終〟もなくなるわけです。目に見える文化とか、手にとれる進歩とかいうものは、ほんとに私達の周囲のごく小さな一分子にすぎません。それでは、地球が宇宙と考えるのと同じようなものです。

私のいうことはおそらく当座の間には合わないかも知れません。けれども、——どうせ私達の目に触れる身の回りの出来事は、小さなものにすぎない。その小さなものに気をとられて一生を送るよりも、手に負えぬ大きな存在を認識して頂きたい。それと同時に、周囲のものに気をとられて、あれやこれやと迷うよりも、それらのものよりもっとはるかに小さな自分一人の人間をつくることに専心した方がいいと思うからです。

そんなことは解かっている、という方があったら、私はうれしいと思います。けれど、解からなくともいいのです。解からないと思うこと、——それが大切な何かなのです。「解からないこと」が解かったでありましょうから。

お祈り

「天にまします我らの父よ、ねがわくは御名《みな》の崇《あが》められんことを。御国《みくに》の来たらんことを。御意《みむね》の天のごとく地にも行なわれんことを……」

これは、クリスチャンでなくとも、誰でも知っているところのお祈りであります。また、

「南無阿弥陀仏《なむあみだぶつ》」

てっとり早いところでこれも一つのお祈りの仕方です。ただ、この妙《たえ》なる六字

を唱えただけで、あらゆる人は極楽へ導かれるといいます。また、「南無妙法蓮華経《なむみょうほうれんげきょう》」と唱えるも同様ですし、アラアにささげるアラビア語のお祈りもあります。

宗教が、こういう工合《ぐあい》に一つの型をつくって我らにしめしているのは、まことに便利なことです。何か手がかりがないことには、私達はほんとに困ってしまいます。具体的に神をあたえないかぎり、宗教にはなんの意味もなく、実際に方法を教えないかぎり、人は神にじかにものを申し上げるすべを知りません。

人はお祈りをささげながら、何か別のことを考えてはおりません。邪念が入ったのでは、それでは祈っていることにはならないのです。身の回りのあらゆる出来事、――かりに自分をよりよきものにしたいというねがいがもとにあるにしろ、それさえ忘れなくては真の祈りとはいえません。それも一つの欲に違いはないでしょうから。

そういう風に、わが身も心もささげつくして、すべてを忘れ、すべてを神様にお任せする、――お祈りとはそうしたものをいうのです。たった六字の称号でも、そう思ってつくづく考えてみれば、なんというむずかしい行為でありましょう。

神に祈る姿は、世の中で最も美しいものの一つです。どんな無智な人でも、一心不乱に祈る時はいかなる聖者にも劣らぬ、犯しがたい美しさにあふれます。もしかすると、寒夜に太鼓をたたいている田舎のおばあさんの方が我々よりはるかに神様に近いのではないか、などと思う時もあります。彼らは、まるで犬に一人の主人しかないように、日蓮上人《にちれんしょうにん》の信仰を通じて、仏というただ一つの存在しか見つめてはいません。それだけがたより、――生きるためにただそれだけが必要なのです。そして、死んだら疑いもなく極楽に行けると信じ、安心しきっています。安心出来るという、これ以上の強味は人間としてない筈です。

それにひきかえ、私達のなんというこのたよりなさ。極楽も地獄の話もただ馬鹿々々しいばかりです。日蓮上人は偉いには偉いが、あれは一種の超人ではないか。バイブルには、まことしやかな奇蹟《きせき》がたくさん書いてあるけれど、盲人の目がいきなり開いたり、瀕死《ひんし》の病人が立ち上がったり、水の上を歩いたりするのは、有り得べきことではない。しまいには当然の成り行きとして神を否定しないわけにはゆかなくなります。神も、そして自分をも信じることが出来なくなり、たいそうたよりない、溺れるものは藁《わら》をもつかむといったようなみっともない恰好《かっこう》で、いたずらに他人に救いをもとめる次第となるのです。私達はまるで目隠しをして〝鬼ごっこ〟をしているみたいなものです。鬼となった時のあのたよりない気持ち、あれが現代のいわゆるインテリの精神そのものであるといえましょう。

信仰というものは、わが日本においては、いつの間にか姿を消したようです。

昔の人達は、たしかに一人ひとりがなんらかの形で神を信じていたのですが、いつの頃にかそういう習慣はなくなってしまいました。それはどこの家にも仏壇や神棚はありましょう。けれども、それは単なる形骸、それほどでなくとも僅かに形式的な名残をとどめているにすぎません。天照大神《あまてらすおおみかみ》も、釈迦牟尼仏《しゃかむにぶつ》も、戦争中こそやかましく云々《うんぬん》されましたけれど、神風といったような御利益がなかったために、今では多少うらまれている形です。しかし、人をうらむより我をうらめです。神風なんて愚にもつかないもの、しこうして神聖なるものを、おそれ気もなく祈ったその報いが、今や我々の上に天からくだったのです。

教養のために、教養について考えるというのも似たようなしわざです。そんなものは自然について来るもの、——信じさえすれば、祈りさえすれば、神様は私達の前に姿を現す。たったそれだけのやさしい、そしてむつかしいことなのです。

世の中に、神や仏より美しいものは存在しないと私は信じます。無智な人でも、その祈りの姿が美しいのは、神の国へじかに通じているという、一種の共通点があるからです。また、奈良の仏像の群れがたとえようもなく美しく思われるのは、無論そのモデル、——彫刻家の夢みた仏の姿が美しくあったからにきまっていますが、それほど美しい仏をみた作者の信仰の力がいかに烈《はげ》しく、いかに強いものであったかに思いを及ぼさずにはいられません。そういう意味で、私は、東西を通じて、宗教画とか神や仏の彫像が芸術として最高のものであると思います。ギリシアの彫刻をお思いなさい。藤原時代の仏画の数々を思い浮かべて御覧なさい。今や私達には、あれだけの大きさと美しさをもつ芸術は世界中一つとしてありません。人々はたしかに利口になりました。しかし、花や景色は描《か》けても、人間の姿は刻めても、神仏の像《すがた》は、つくるにはつくってもいかにも貧弱なものばかりです。けれども、がっかりするには及びません。還《かえ》らぬ昔を思ってみても始まりません。我々はまた別に、別の方法で、神をみることが出来るのです。

どんなに美を解さない人でも、人間と生まれたからは、ほんのちょっとした折ふしに、必ず心に触れる何ものかがある筈《はず》です。ほんとうに、「ああ、いい」とため息を洩《も》らすほどのものに触れた時、――たとえば夏の夕焼けの空とか、白雪にきらめく冬の山とかといった自然の現象のみならず、人工をきわめた絵や彫刻、詩歌《しいか》・散文、なんでも構いません、――思わず手を合わせたくなる、その気持ちこそ何よりも大切にしなくてはならないと思います。いいえ、そのものは忘れたって構わない、無理に覚えていなくともいいのです。一度身に触れたその体験によって、たとえ頭は忘れようと、もうもとの私達ではないでしょうから。

おそらくどんな人でも、そういう経験のない人はいまいと思います。一つの経験は、また次のものに触れた時、まざまざとよみがえって来ます。ちょうど、ふとしたことから音楽の一節とか枯草のにおいとか香《こう》のかおりとかが、いきなりすべてを何年か何十年か前の、その時その所その私に還してしまうように。それは思い出と名づけるような悠長なものではありません。もっとあざやかに、もっとひしひしと、私達はまさしくその時を再び生きているのです。

それはまたたく間に消えてしまいましょう。が、度重なるうちに、次第にはっきりした形を備えてゆき、ついに私達はれっきとした存在を信ずるまでに至ります。その体験は数をまし、その形はますますあざやかな輪郭を現しつつ、大きく美しく育ってゆきます。ふつう経験といわれるものは、度重なるにつれて馴《な》れてゆくものです。しかし、これは別です。これはその都度まったく同じものでありながら、しかもその度に、まるで初めて起こった出来事のように、新しく、めずらしく、あらためて私達はびっくりするのです。それは古い古いものであるにもかかわらず、しかも驚くべきあたらしさです。若さです。そういうものを、芭蕉《ばしょう》は「不易《ふえき》」と名づけました。世阿弥は「花」といいました。またある人々は「つねなるもの」あるいは「永遠の美」と呼んだりします。これらはみな一様に、変わらぬものの美しさという意味であります。

神にじかにものをいうのですから、祈りというものは、神を招くわざである、ということも出来るかと思います。昔の物語には、物の怪《もののけ》に取りつかれた病人に向かってお祈りすると、その生き霊とか死霊とかいうものが巫女《みこ》の上に取りつき、神がかりとなって色々のことをしゃべりだす、という例がいくらでもありますが、これもあきらかに祈りであることに変わりはありません。それは、加持《かじ》の僧も、病人も、王女も、みんな揃《そろ》って物の怪の存在を信じきっているからです。信じているからこそ、かような奇蹟《きせき》も行なわれるのです。

今の私達は病気になったからとて、お祈りだけではそう簡単にはなおりません。むしろ悪くなるのがせいぜいです。しかし、科学的に証明されれば、天から信じ込んでしまいます。他愛もなくころりとまいってしまう、その点、平安朝の無智なる人々とちっとも違いはないのです。

お医者様にいわせると、効く薬というものは、ほんの片手で数えるほどしかない、といいます。あとは毒にも薬にもならない、重曹とか健胃剤のようなものでお茶をにごしておく。そんなものがなぜ効くかといえば、医者という人間を信用しているからです。そして、医学という科学を信じきっているからです。いずれにせよ、病気はなおればいいんです。ですから、精神の病気にとって、神や仏、すなわち宗教ほどのいいお医者もまたないのです。

どうやら私は、「お祈り」ということについて書くには書きましたが、たえず外側からのみ観察してばかりいるようです。祈りの姿ばかりを列記したところで始まらない——そう思って私は、此処《ここ》にある一つの、あきらかに「お祈り」であるものを書いてみようと思います。

小林秀雄さんの、『歴史と文学』という著書の中に、〈オリムピア〉と題する短い、しかし非常に美しい感想の一節があります。

長い助走路を走つて来た槍《やり》投げの選手が、槍を投げた瞬間だ。カメラは、この瞬間を長く延ばしてくれる。槍の行方を見守つた美しい人間の肉体が、画面一杯に現れる。右手は飛んでゆく槍の方向に延び、左手は後へ、惰性の力は、地に食ひ込んだ右足の爪先で受止められ、身体は今にも白線を踏み切らうとして、踏み切らず、爪先を支点として前後に静かに揺れてゐる。緊張の極と見える一瞬も、仔細《しさい》に映し出せば、優しい静かな舞踊である。魂となつた肉体、恐らく舞踊の原型が其処《そこ》にあるのだ。

これはオリンピック競技を高速度写真でうつした、槍投げの一場面の、そのまた描写でありますが、以上の文章にすぐまた次の言葉がつづきます。

しかし考へてみると、僕等《ぼくら》が投げるものは鉄の丸《たま》とか槍だとかには限らない。思想でも知識でも、鉄の丸の様に投げねばならぬ。そして、それには首根つこに擦りつけて呼吸を計る必要があるだらう。

私は以前、これを〈能をみる〉という随筆様《よう》の文の中にひきました。そして、あの静かなお能というものは、いわば早い動作を高速度写真でうつしたようなものであり、したがって舞踊の原型とも称すべきものである、更に、その間の状態が何に一番近いかといえば、「祈り」に似たものである、とつけ加えておきました。

約一年を経た今日、私は更にもっとつけ加えたい衝動にかられます。みるということについて。——

既に私は、祈りは神を招くことであると書きました。また、昔の人は信じたがゆえに神をみたとも書きました。

今、私達にとって、芸術の鑑賞とやらが、教養の上に、一つの流行をきたしています。これはいうまでもなく、絵や彫刻をみることです。また、文学を読み、音楽を聞くことです。しかし、上野の美術館にどれほど人が集まっても、そのうちでほんとうにみている者はそも幾ばくぞ、と聞きたくなります。そのごちゃごちゃした人込みの埃《ほこり》の中で、何が鑑賞だ、という人もあります。しかし、そんな事は問題ではありません。環境といわれるものは、周囲の状況ではなくて、自らつくり出すべき状態、我々人間の在りかた、であると思います。それはさておき、——

神に祈れば神の姿がみられるものを、芸術の姿がみられぬ筈はありません。鑑賞とは観察でもなく道楽でもなく、勿論《もちろん》教養のためでもなく、芸術をほんとうにみることではありませんか。そしてその唯一の方法は、神に祈るが如く、自我を滅して、無我の三昧に入ることではないでしょうか。

オリンピックの選手が、「踏み切らうとして、踏み切らず、爪先を支点として前後に静かに揺れてゐる」その姿はあなたがお祈りをなさる、その時のあの気持ちに、なんと似てはおりませんか。「首根っこに擦りつけて呼吸を計っている」あの砲丸投げの選手は、神様に一心こめておねがいする、緊張のあまり息もつけないその瞬間に似てはいないでしょうか。

お能やヴァイオリンは尚更《なおさら》のこと、ゴルフやテニスに至るまで、球がラケットにあたる、その瞬間、あなたは何を考えますか、球はあなたであり、あなたは球にはならないでしょうか。初めて習う時には、まず、「球をみろ」と口をすっぱくしていわれる筈です。みないと不思議に空《から》ブリします。こんな正直な事実はないではありませんか。こんなはっきりした証明はないと思いますけれど。

しかし私は知っています。テニスの選手やゴルフのプロが、まるでよそ見をしながら、しかも完全なショットを打つことを。立派な人間のチャンピオンが、すばやく相手の心の中まで見ぬくことを。球をみること、あるいは自分が球と化することは、身につけばそのまま日常茶飯事となるに相違ありません。緊張することとかたくなることとでは、ぜんぜん違います。何万という見物人を前にしたからとて、砲丸投げの選手が馴《な》れた運動にかたくなるわけがありません。ただ、ピタリと焦点が合うように、あるいはまた、急激に水が氷と化するように、瞬間にして、透明な結晶体の精神の持ち主となれるのです。ただ未熟な者だけが、その時にあたって、突如《とつじょ》として息をのむ圧迫感におそわれるのです。若い者に余裕がないのは当たり前です。むしろそれゆえに美しいのです。それこそまことに「若さ」であり、それでこそ洋々たる未来が約束されているということも出来ましょう。反対に、若いくせに老熟を真似《まね》て、さも余裕ありげな態度をしてみせることもつつしまなくては、と思います。

未熟な者と書きましたが、実はいかなる名人といえども、同じほどの圧迫をわれとわが身に感じることに変わりはありません。が、さてそのあやうい一点に、——爪先を支点としてかろうじて全身をささえているその形に、平然としてこたえていられればこそ名人名手のねうちもあるというものです。あたかも日常茶飯事の如く安心しきっていればこそ、高速度写真にうつした場合、「優しい静かな舞踊」の如き優美な美しさとなって表れ、科学的に、その動きがうつし出されるのです。そうして私達は満足します。何しろ相手は文明の利器なのですから。

しかし、スポーツなればこそ、写真にもうつせましょう。が、芸術、それから宗教ともなると、まだ今のところでは、写真にうつして疑いの雲を晴らすまでに進歩しつくしてはおりません、……幸か不幸か。

もし私達がほんとうに注意してみるならば、芸術の上にもかくの如き状態がありありと表れる筈です。一つの絵なら絵の上に、ちょうど肉体の運動と同じような、精神のゆらめきがよみとれる筈です。祈りの姿が美しいといいましたのは、そういう意味においてであります。精神の末端が、やさしい静かな舞いのようにゆらゆらとゆれ動いている、それを美しいとみたのです。

美しいものは若いのです。美しいものはつねにあたらしいのです。美しいものに触れて驚く、その精神は新鮮です。それは時間を超越した、年齢の格差すら存在しない、まったく別の世界をかたちづくります。

天にましますわれらの父よ、ねがわくは御名《みな》の崇《あが》められんことを。……

創造の意味

いくら男女は同権であろうとも、男に比べて女が創造的でないというのは、確信をもっていえると思います。ただに習慣としてばかりでなく、心は男に比べてはるかに素直であるとともにつよさに劣り、身体もまた、柔軟ではありますが男の体力を備えている筈もなく、全体にわたってそういう風に出来上がってはいないのです。

古代、――神代《かみよ》から藤原時代へかけては社会的に男女の区別は殆《ほとん》どなかったように思われますが、いわゆる文化が進むにつれて、双方の特徴をはっきり自覚するとともに、活《い》かして用いるようになってゆきました。その間は次第に離れるばかりで、ついには、封建的ともいわれるほどの極端な差がついて今に至ったのであります。いわばそれは自然の成り行きであって、人為的にはどうにもならなかったものと想像されます。そうして、現代の私達に、これもまたきわめて自然に、単なる形式ばかりでなく、実質の上において、再び男と同等たらんと欲する時代が到来しつつあります。いや、既に現に此処《ここ》に在るのです。

造物主のその名の如《ごと》く、神様は私達をおつくりになりました。それなら、創造とはすなわち、神わざに等しいものである筈です。更に、それなら男は女より神に近い存在なのでしょうか。いえいえ、決してそんなことはありますまい。女は、仕事の上でこそ、いささか創造力に欠けるかも知れませんが、何ものかを生み出す力をもつことにおいていささかも男に劣るものではありません。すなわち、女は子を産むことが出来るからです。

こんなすばらしいことが世の中にあるでしょうか。こんな不思議きわまることがあるでしょうか。人間が人間を産む、ということ。これこそ真に「創造」ではありますまいか。してみれば、女もやはり神に近い存在であるということが出来ます。

よく男の人が、創作するにあたって、産みの苦しみなんてことをいいますが、その手は食わぬ、といいたくなります。肉体的に、私達女ほどこの言葉を、切実に、身をもって知っているものはないのです。

けれども、肉体と精神とは、私達が考えるよりももっと密接しているものです。肉体と精神が離れてゆく気持ちというのは、私達がしばしば経験するところのものですが、これはまさに病的というよりほかはありません。その一例として、構成派の絵というものがあります。いい絵かき達の作品は、それが何派と呼ばれようとも、芸術として、そう大した差がみとめられるものではありません。しかるに、同じ構成派の中でも、それほどでもない人々のそれは、そういう名前をおっかぶせて、同情をもってみてやらないかぎり、絵が絵でなくなる場合が多いのです。その説明を今いたす気はありませんけれど、また私には出来もしませんけれど、ひと口にいえばそれは、構成さえ完全に出来上がっていれば、絵の芸術は成り立つ、という解釈の仕方であると思います。なるほど理屈はそうです。しかし何につけ、何々主義とか何々派などというものを先にたてて、その後ろから自己の芸術がお供をしているようなかたちになっては、それではあんまりみじめです。それでは自己に忠実であるのではなく、縁もゆかりもない人のつくったなんとか主義に盲従しているばかりで、自分の中から生まれ出る何ものもありはしません。すなわち、最も創造的である筈《はず》の芸術家が、その正反対のことをやるわけになります。

思わず話が脇道へそれましたが、子を産むのはまさに創造には違いありませんが、さりとて女一人で産むわけにはゆきません。そんなことが出来るのはマリア様だけです。夫がなければ、一個の小さな人間の創造が不可能であるように、芸術においても、精神・肉体、——心と腕の協力を必要とするのです。信じているものを、手が実現しようとしても、技術がともなわないことには、理想はあってもなくても同然の結果となります。創造というものは、いつもそのために、精神と肉体の一致においてなされるのです。

女は、まさしく肉体において創造的であります。男は、色々の仕事、すなわち精神的に何ものかを創造します。むしろ、私は前言を取り消して、女は創造的、男は創作的、といいたくなります。が、そうきめたところで、なんということもないから、止《よ》しておきましょう。

芸術家ばかりが創造するとは限らない、などと今更いうことはないと思いますが、創造について考える時、彼らはまことに便利な存在です。彼らは、目にモノみせて、何かをはっきりつくり出して我々に提供してくれますから。それにひきかえ、芸術家でないところのふつうの人間は、ただ日々生活しているのですから、コレと目にみえる何ものもつくってはいません。もっとも、つくり出す必要が薄いのであって、出来ない筈もまたないのです。

私は、すべての若い方達に目にみえるものでも、あるいは目にみえないものでも、たった一つでよろしい、どんなに小さくとも自分の一生をかけて守り通す大切なものをおもちになることを切におすすめします。考えただけではいけません。そのためになら何ものをも捨てるほどの覚悟とそれから勇気をもって、ただそれのみをみて突進なさい。——

と、もし私がいったなら、そんなことは解かっている、だからソレを教えてくれ、という方もあるでしょう。それだけを求めてこんな本も読み、こんなに迷って色々の人やものに救いを求めているのではないか、という方もあると思います。それでは、私が今まで書いたことがまったくなんにもならないことを、私は自分でよく知っています。またそういう気持ちが、いかに真面目で、いかに真摯なものであるかも私は知っております。それにもかかわらず私は、そういう人を許しがたく思います。それは怠惰以外の何ものでもありません。怠惰、すなわち不真面目なのです。それこそ悪い意味での封建的人間であるのです。

私は一概に封建制度をけなそうとは思いません。何につけいいことも悪いこともあるのですから。しかし、たとえばその最後の末路ともいうべき軍人達は、戦争中我々に、「大東亜共栄圏《だいとうあきょうえいけん》」という一つの目的をあたえました。それは、まるで空の彼方《かなた》を夢みるような愚にもつかぬ理想でありました。それにだまって（多少ぶつぶついった人もあるにしろ）ついて行った私達は、もっともっと愚物であったのです。そもそもだまされるのはいつも愚か者にきまっていますが、徳川の三百年がとにかく幸福で平和であったのは、愚かな者どもに一つの目アテをあたえたからです。そうして、それに馴《な》らされた日本人は次第に怠惰になってゆき、幸福や平和を求める心さえも失って今に至ったのであります。そして、もはや独裁者のいぬこの国では、私達はたよる何人《なんぴと》も何ものもありません。ただ自分以外には。自分自分の独裁者とならぬかぎり、もはや生きてはゆけぬ、幸福も平和もあたえるものはないのです。苦しい時の神だのみ、といいますが、神様さえ自分で探さねばなりません。自分以外の人は、たとえ親といえども、何も教えてはくれないのです。まして私に、何を読者にあたえるものがありましょう。ある筈はないのです。

自分で探すということ、それは既に創造の一つです。創造にはいつも、産みの苦しみがつきまといます。その苦しみをぬきにして目的をつくり出そうというのは、あんまり虫のよすぎる話ではないでしょうか。見つからぬのは、苦しみ方が足りないのです。それほど必要を感じていないからです。しかし、もし探したなら、目的は何処《どこ》にでもころがっています。仕事もそこら中にある筈です。忙しい、ひまがない、という人は、一生忙しいままで終わるでしょう。外からゆっくり観察しようとするから、いつまで経っても、時がないのです。目的は、その日常の忙しい生活の中に見つけられる筈です。ほかのところに求めるならば、十年一日《いちじつ》の如《ごと》く、「大東亜共栄圏《だいとうあきようえいけん》」と同じことを夢みていることになるでしょう。

農民のおじいさんが病気にかかってお医者さまに診て貰《もら》うと、まず第一に、「この病気はすぐ癒《なお》るか、癒らないか？　もし長くかかってようやく癒るというような病気なら、むしろひと息に死んでしまいたい」

という場合が多いそうです。人間と生まれて、生命が惜しくない筈はありません。自殺は、キリスト教にあらずとも、たしかに一つの罪悪です。しかし、この田舎の老人の言葉はもっと多くの意味をふくんでいます。この人の気持ちは、苦しいのがいやだからいっそ死んでしまいたいと思う、そんな単純なものではなく、ほんとうに心からの叫びなのです。それは、お百姓さんの仕事というものが、いうまでもなく、肉体の労働がほとんどだからです。彼らにとって、それは仕事であるとともに、生活であり、それが全部なのです。我々でしたら、病気になっても、糧《かて》を得ることが出来ましょう。生きているだけで何かのためになる人達も世の中には多いことでしょう。しかし、彼らお百姓さん達にとって、働きもせずただ細々と生きてゆくほど生き甲斐《がい》のないことはない筈です。それでは死んだも同然なのです。自分の生活は終わった、——そうさとったこの老人はむしろ偉いとさえいえます。これが文化でさえあると思います。考えてみれば世の中の、なんと多くの人々が、自分の生活ヌキにしてのんべんだらりと、日を送っていることでしょう。いくら働いても、自分の仕事をこの農民ほどにも自覚しないかぎり、ただ忙しいだけではほんとに働いていることにはなりますまい。たとえ無意識にしろ、この老人は、そういう意味で、すぐれていると私は思うのです。

自分の信ずる道にすすむのには、このくらいの熱心さをもちたいものです。しかし世の中には、「人生は不可解なり」と書きおいて自殺した若人もあります。熱心であることにおいて、いささかも劣るものではありませんが、どうしてもっと「不可解なこと」を、ただ考えるばかりでなく、実行し、経験し、かつたしかめてみなかったか、そんなこともいいたくなります。しかし、人間の仕事は、自殺にしろ、病気で死ぬにしろ、人の命が終わった時に、終わるのです。後から何をいったって仕様のないこと。ただ、そういう人達の一生は、「人生は不可解なり」と考えただけで終わったのです。そして、それはほんとうに惜しいことでもあるのです。

創造とは、あたらしく生むことであって、自殺することではありません。たとえ自殺に至るまでの成り行きを書いた小説にしろ、もし立派な作品ならば、必ずその中から生まれて来る何ものかがある筈です。キリストが復活しなかったらば、キリストではあり得ません。古典の中に新しいものをみたり読んだりしない人は、古典などは捨ててしまうがよろしい。いくら面白いと思っても、それでは単なる骨董《こっとう》いじりにすぎませんから。仏教における空《くう》の思想というものも、ただすべてを無と観ずるだけならそれは当然自殺的行為です。しかし、前にも書きましたように、無をもなしと観ずるならば、其処《そこ》に一切をみとめる肯定の思想が出来上がります。それはまた、我々が心を無にして祈る時に神をみる事が出来る、——すべてのものを知ることが出来る、それと同じ意味なのです。

宗教と芸術は密接な関係にあり、科学はそれと正反対の立場にあります。科学は無論人間が考えたものですが、そうかといって、神や仏を教えたキリストや釈迦も人間には相違ありません。芸術もまた人間の産物。これら二つのものに共通点がないなどというそんな話はない筈です。

絵に構成などということを考えるのは、すなわち科学的な解釈の仕方でありま
す。けれど、もし画家があらかじめわり出して考えて描いた程度では、芸術なん
て出来上がる筈がありません。ひたすら己が情熱にまかせていとなむのでなくて
は美しい絵は描けないのです。理屈はあとからなんとでもつけられましょう。み
る人おのおのの解釈によって。
たとえば、

阿耨多羅三藐三菩提《あのくたらさみやくさぼだい》の仏たちわが立つ杣《そま》に冥加《みようが》あらせたまへ　伝教大師《でんぎようだいし》

時によりすぐれば民のなげきなり八大龍王雨止め給へ　源《みなもとの》 実朝《さねとも》

これらの歌がなぜいいかといえば、一気呵成《かせい》にうたいあげられているからです。『万葉』の歌が美しいのもそうです。これはたしかに祈りの姿です。歌の意味においても形においても、作者の心の在りかたにおいても。

これはいわば一幅の宗教画であります。伝教《でんぎょう》も、実朝《さねとも》という人間の姿も、どこを探してもみつからず、ただ空の如く大きく果てしない「美しさ」以外の何ものでもありません。

自己を無にするという行為は、いうまでもなく、自分というものを今あるよりもはるかに小さくたよりないものにすることです。それゆえよほど素直な心の持ち主とならぬかぎり実行しがたいのであります。長年かけて腕におぼえのある、人工的なうまさというものを忘れ果てるのは、思ったよりなかなかむずかしいことです。その素直な態度は、男性的であるよりもむしろ女に近く、なおそれよりも子供に近いといえます。原始的な子供らしさ——そのみずみずしい若さがすなわち永遠の美しさをもたらす所以《ゆえん》のものであるのです。

芸術家は、ほんとうの自然を描《えが》きます。春が去り秋が来ても、ふたたび春が必ずめぐって来る、その古くかつ新しい姿、これ以上ほんとうの自然はありますまい。もし単なる描写に終わるなら、春の花、秋の紅葉《もみじ》、あの時のあなた、その時のわたし、でしかありません。そして、それなら写真をうつした方がよっぽど早いのです。

我が歌をよむははるかに尋常に異《ことな》り。花郭公月雪すべて万物の興に向ひても、およそあらゆる相皆これ虚妄《きよもう》なこと眼に遮り耳に満てり。又よみ出す所の言句は皆これ真言《しんごん》にあらずや。花をよむとも実に花と思ふことなく、月を詠《えい》ずれども実に月とも思はず。只此《ただかく》の如くして縁にしたがひ興にしたがひよみおく処なり。紅虹たなびけば虚空いろどれるに似たり。白日かゞやけば虚空明かなるに似たり。然れども虚空はもと明かなるものにもあらず、又いろどれるにもあらず。我又この虚空の如くなる心の上において、種々の風情をいろどるといへども更に蹤跡《しょうせき》なし。この歌即ちこれ如来《にょらい》の真の形体なり。されば一首よみ出でては一体の仏像を造る思ひをなし、一句を思ひつづけては秘密の真言を唱ふるに同じ。

西行法師《さいぎょうほうし》のこの言葉は色々なことを思わせます。ただ歌をいかにうまくよむかということばかりを目的とした平安末期の文化の最後ともいうべき鎌倉時代において、西行は一人このようなことを思っていたのです。西行のこの新しさは、うまい堂上人などとはまったく異なる趣《おもむき》の歌をよませ、今の世に至るまで変わらぬ光をはなっています。そして、『万葉』『古今』などというスタイルの問題などまったくなんの関係もないといったようなことを思わせもします。

私は、宗教芸術がもっとも美しいと書きましたが、芸術はすべてこのように一つの宗教となり得るのです。真言とはお宗旨《しゅうし》でもお経でもありません。あらゆる言葉、——かりそめに吐くひと言でも「真言」と思うなら、人はただ一言《いちげん》でもおろそかには出来なくなるわけです。それこそまことと自らの人間を信ずる、ほんとうの意味での自信というもの、ということも出来るでしょう。

ですから、絵を勉強するのに、昔の人のように、宗教画を描く必要は少しもないのです。出来れば非常に結構ですが、しょせん我々にはもはや西方浄土《さいほうじょうど》や阿弥《あみ》陀《だ》如来のかたちばかりでは納得がゆかない、其処《そこ》に現代の悲哀があるのです。信仰のともなわない宗教画ほど神を汚すものはありません。宗教音楽としても同じことです。

「花をよむとも花と思ふことなく」自然に対して、現代の画家もまったくこれと同じ態度をとっています。自然と人間、ともすれば私達はすぐそういう言葉を使いがちです。第一、対する、などという言葉がそもそもこの二つのものをわけて考えている証拠です。それはあやまりです。人間もまた自然の一部にすぎないでしょうから。

そうかといって、もし人間が自然そのものなら、木や草のようにほったらかしておいても、何十年か先には自然に大人物へと育つ筈です。が、決してそうとは限りません。人間は、ほっておくと雑草にくわれてしまう上等な植物のように、いつも自然に抵抗し、あらゆる手間をかけなくては消滅してしまうという、大そうややこしい自然の一部なのであります。ここに、好い種を蒔《ま》くとか、雑草をとるとか、移植するとかいう、たえざる努力、すなわち人工的な一つの技術が必要となって来ます。

造物主のわざを見よう見真似《まね》で、人間や花や木を、人間が自らの手でつくろうと欲する、——これはまさに創造であります。ゆえに、画家が花を描《えが》く時、自然の花の中に混入するなどというのは実は嘘《うそ》の骨頂で、ほんとは喧嘩《けんか》腰《ごし》である筈です。そっとしておいても、花は花で美しく咲くものを、あらたに花を創造しようとする、それが自然への反抗でなくてなんでありましょう。しかし、つくるにはまずみなければなりません。万物の創造者たる神の行為を真似るならば、まず神をみなければ不可能です。そのために、人は自らの反抗心に反抗し、ひたすら神のみもとに参じつつ、なかば神がかり的行為をもって、手は無意識に画面の上を走る。私は、芸術家の創作の態度はかくの如きものと信じます。

まことに芸術とは、神と人との合作であります、技術といい人工というも、もとはといえば、神の創造による人間の、この微妙きわまりない頭脳、この不思議にも器用な二つの手のなすわざです。それを忘れるほど世の中に非科学的な考え方はないと思います。人間がまったく神の手から離れて独り歩きが出来るようになったとうぬぼれる、これほど創造の精神から遠いものはありません。

つくるためには、単なる創造的精神とかいう、追い立てられるような熱っぽさばかりでなく、多年のあく事なき、つまらないがしかし尊い職人の「手」を必要とします。それは、うまくやるためにあるのではなく、よくするためにあるのです。神とともに働くために、人間がさし出すところのこの二つの手、——私達はほんとうに技術というものをもっと尊敬すべきであると思います。

それによって、私達はこういうことを知ります。すなわち、創造するその瞬間において、まさしく人間は人間でありながら、同時に自然であるということ。画家は画家、花は花でありながら、同時に画家は花の中に没入する、——この二つのことが一時に行なわれないかぎり、絵は生まれて来ないのです。

艱難汝《かんなんなんじ》を玉にす、といった工合に、抵抗は多ければ多いほど、美しいものをつくります。ミカエル・アンジェロでしたか、大理石の彫刻が美しいのは、その自然の石の硬さが人を束縛するからである、というようなことをいいました。人間の側からみても、あくまで執着の強い、個性の強い人であればあるほど、自我を感ずることはむずかしく、むずかしいだけに成功する時も華々しいのです。いったい日本人はどちらかといえば、簡単に自然の中に没入することが出来るたちで、そのために今までは色々いいこともありました。たとえば、木彫の彫刻といったようなジャンルでは比類なく美しいものをつくり出してもいます。私達の木理《もくめ》に対する感性などは、西洋人のはかり知ることの出来ぬものです。が、相手が石ともなるといささか手に負えない形となるようです。つめたく硬い石は、木のように人を親しくよせつけず、ピンピンはね返してしまいますから。

いいこともある反面に悪いこともありました。特攻隊はその一例です。心中といったようなものも。これらはみな美しそうにみえてしかし決してそうではない。自殺的行為です。私達は死ぬより生きなくてはなりません。極楽浄土は西の彼方《かなた》にあるのではなく、この地上にあるのです。また、地上に築くべきです。

死ぬこともむずかしい、が、生きることはなおむずかしいのです。そして、ねがうことよりつくることの方が難《がた》いのです。文化的教養のために、芸術を鑑賞することは止《よ》しましょう、人間を観察することも止《や》めにしましょう。画家が花の中から純粋な花をみつけるように、私達も芸術や人間の中から、芸術の「芸術」、人間の「人間」をとり出して、「自己」を創造しなくてはならないと思います。

創造というのは、そのように、新しくつくるというよりも、既にあるものをそのままで大きく完成させてゆくことです。新しいものは、びっくり箱のように、いきなり世の中にとび出してくるのではありません。私は私自身の力でこの世に生を享《う》けたのではありません。原子爆弾だとて、いきなり発明されたものではないのです。

人間の命は短い。五十年としても二万日に足りません。西洋の諺《ことわざ》に、「今」よりほかのタイムはない、というのがあります。なんでも、今しなくてはいつまで経っても出来ないのです。

夜も更《ふ》けました。私は、今、生きていることを感謝しつつ、筆をおき、今日一日を終わります。

III

生き甲斐について

鶴川日記（抄）

鶴川の家

私どもが鶴川に住んで、三十六、七年になる。現在は町田市に編入され、大きな団地などが建っているが、当時は南多摩郡のささやかな寒村にすぎなかった。そのころ、東京では食料が不足しはじめ、鶴川に知人がいたので、お米や野菜を買い出しに行っていた。この辺は多摩丘陵の一部なので、山や谷が多く、雑木林では炭を焼き、山あいには田圃《たんぼ》がひらけて、秋は柿と栗がたくさんとれる。買い出しに行って、夕方おそく田圃道を歩いていると、蛍が顔にぶつかるほど飛んでいて、草葉にすだく虫の音がかまびすしい。こんな所に住んだらさぞかし命がのびるだろうと、そのたびごとに羨ましく思った。

私は東京生まれの、東京育ちであるが、子供のころ、一年の半分くらいは、富士の裾野で暮らしていた。茅葺《かやぶ》き屋根の大きな百姓家《ひやくしようや》だった。紫の富士の山を目の前に、とうもろこしの葉ずれの音を聞きながら過ごした日々のことが、未《いま》だに忘れられない。ふる里はどこかと聞かれたら、私はためらわずに富士の裾野と答えるであろう。それは故郷をもたぬ都会人の、はかない慰めかも知れないが、とにかく私は都会より田舎が好きで、事情が許せばいつでも東京から逃げだしたいと思っていた。外国の生活が長いので、戦争がこわいことも知っていた。自給自足ができて、空襲からも逃れることができれば、それに越したことはない。

そう思っていた矢先、鶴川に売家がいくつもあることを知った。が、いずれも駅から遠いので、子供たちが学校へ通うのに困る。一年くらいあちこち見て回ったであろうか、ある日、駅から歩いて十五分ほどの山の麓に、大きな柿の木にかこまれて、こんもりと建つ茅葺《かやぶ》き屋根の農家が目にとまった。「あんな家に住んでみたい」冗談半分にそういうと、案内人は真にうけて、その日のうちに交渉してくれた。話はとんとん拍子できまり、戦争がはじまるとすぐ引っ越すことになるのだが、はじめてその家を見に行った時は驚いた。

そこには老人の夫婦が住んでおり、息子さんはどこか遠くへ働きに出ていた。年をとって、もう畑仕事はできないし、家の修理も怠っている。ぼろぼろの茅葺きからは雨が漏り、床はぬけて畳を敷くこともできない。土間へ入ったところの右手には風呂場があり、その隣に牛小屋があったが、年老いた夫妻は、日当たりの悪い奥のひと間に、息をひそめるように暮らしていて、「せめて電車の見えるところに引っ越したい」とつぶやいた。

こんな気の毒な人たちを追いたてるようなことになっては心苦しいと思ったが、案に相違して喜んでゆずって下さったのは幸いであった。が、今ならこのような古い家を買う勇気はないに違いない。若い時だからできたことなのだ。それもこれも縁あってのことだろう。おかげで私たちは東京からも、借家住居《しゃくやずまい》からも解放されて、はじめて自分の家を持つことができた。

*

百年以上も経た家は荒れはてていたが、さすがに土台や建具はしっかりしており、長年の煤《すす》に黒光りがして、戸棚もふすまもいい味になっていた。私はまず大黒柱を磨くことからはじめた。村の若者は大方《おおかた》兵隊にとられていたので、年をとった大工さんが一人で修理をうけもった。白洲は大工仕事が好きだったから、そちらの方の監督に当たり、週に二、三回は鶴川村へ足を運んだ。そのころ世間はいやなことばかりだったので、家の手入れをするのがどんなに大きな慰めとなったかわからない。だが、材料も人手も不足している中では、工事は遅々としてはかどらなかった。

あれはたしか昭和十七年四月のことだったと思う。東京にはじめての空襲があった。それは空襲とは呼べないほどあっけないもので、艦載機《かんさいき》がやって来て、爆弾を数発落として行った。突然サイレンが鳴りわたり、市中はにわかに色めき立った。私は二階の窓から眺めていたが、ところどころに黒煙が上るのを見て、覚悟はしていたものの恐ろしかった。自分のことはともかく、子供たちが心配だった。一日も早く鶴川に引っ越した方がいい。そう思ったら矢も楯もたまらず、ひと月もたたぬ間に東京を逃げだした。

家はまだ住める状態ではなかったが、そんな贅沢《ぜいたく》をいっている余裕はない。間もなく屋根の葺《ふ》き替えがはじまり、私どもは納屋《なや》に移った。農村では、屋根替えのことを「普請《ふしん》」というが、確かにそれは普請と呼ぶにふさわしい大仕事であった。

寒中に刈った茅《かや》は、庭から道ばたへかけて、山のように積みあげられて、家のまわりには高い足場を組む。やがて、屋根から古い茅がはがされると、家は垂木《たるき》と棟を残すのみで、丸はだかになってしまう。棟梁《とうりょう》、といっても半農半工の屋根屋さんで、手伝いの人夫も村のお百姓さんである。そのころ東京では、隣組と称するものができていたが、ここには徳川時代以来の「組」があり、七軒の農家で形成されていた。冠婚葬祭は、すべてその「組」が取りしきり、互いに助け合うので、お金は一文もかからない。屋根替えの時も、「組」の方たちが手伝いに来て、よそ者の私たちを仲間の一員として扱って下さったのは、未《いま》だに有りがたいことに思っている。

屋根替えは一生に一度の大事業とされているが、いわば素人《しろうと》の手によって行なわれたそれは、実に見事なものであった。茅の束の受け渡し、縄の結びかた、鋏《はさみ》の入れかたに至るまで、一定の規則があり、棟梁《とうりよう》の指図のもとに、一糸乱れず運ばれる。私にもう少し知識があれば、後世のために書き残しておけるのだが、残念なことにそんな力はない。ただあれよあれよと見とれるばかりであった。

全部葺《ふ》きおえるには、半月以上かかったであろうか。最後に棟梁が屋根のてっぺんに登って、東の棟の突端に「水」の字を、西には「寿」と切りこむ。火除《よ》けのためのお呪《まじな》いである。そこで普請は完了するのだが、私どもにとっては、生涯忘れることのできぬ感激の一瞬であった。

農村の生活

引っ越しの当日は、七軒の「組」の人々が、みな手伝いに来て下さった。昔ながらの共同体の意識が、農村にはまだ残っていたのである。村の子供たちも珍しがって、見物にやって来た。庭前の茶畑のうしろからのぞいているので、「こっちへいらっしゃいよ」というと、蜘蛛《くも》の子を散らすように逃げ去った。私どもが村の生活に馴《な》れるには、その後長い年月がかかったが、子供たちはすぐ友達になり、毎日一緒に山野をかけめぐっていた。

そのころの鼻垂れ小僧どもが、今は立派な大人になって、あるいはガソリン・

スタンドを開いたり、テニス・コートを経営したり、会社に勤めたりしている。私どものことを、何と呼んでいいかわからなかったようで、家の子供たちと同じように、パパ、ママといっていたが、四十年近くたった今日でも、たまたま道で出会ったりすると、いきなり「ママ」と呼ばれてびっくりすることがある。そういう時は涙がこぼれるほどうれしい。私どもの息子や娘も、それぞれ家を持って、孫もいるが、幼な友達の昭ちゃん、洋ちゃん、やっちゃんなどとは、昔のままのつき合いをしており、一生そうあってほしいと願っている。

私どもが住んでいるところは、鶴川村能ヶ谷《のうがや》といったが、土地の人は更にこまかくわけて「裏谷戸《うらやと》」と呼んでいた。鎌倉にも「谷」と書いて、ヤツと訓《よ》ませる地名が多いが、ヤトもそれと同義語で、最近整地されるまでは、無数の谷が入りくんでおり、何々ヤトといって区別していた。

村には同じ苗字《みようじ》の家が多いので、それぞれに「屋号」があった。「オッコシ」はたぶん尾根越しの意で、鎌倉街道に面した山の入り口に建っている。「ゲンキヤ」は現金で物を売る家とかで、当時はそういうことが珍しかったのだろう。そのほか「古屋敷」「坂下」「屋根クボ」「スミヨシ」などという屋号もあった。私どもの家は、「タムケエ」(田に向かった家)といったが、屋号は人間に付随するものらしく、前の持ち主の老夫婦が、後々までもその名で呼ばれていた。そして、いつのころか、だれいうともなく、私どもの屋号は、集落の名をもらって、「裏谷戸」と呼ばれるようになった。

そのころ東京では、週に何度も防空演習が行なわれていた。隣組がバケツや火たたきを持ちよって、火を消す訓練をする。そういう時には、必ず狂気のように熱中する人がいるもので、少しでも不熱心だと、非国民呼ばわりをされた。本格的な空襲がはじまれば、バケツなど何の役にも立たぬことは知っていたが、口に出すとどんな目に会うかわからないので、みな黙々と命令にしたがっていた。万事につけてその調子で、思い出すだに不愉快な毎日であった。

それにひきかえ農村の防空演習は、至って呑気《のんき》なもので、むしろ楽しかったといえるかも知れない。田圃の中に、「さいの神」のお祭りをする空き地があり、そこに組の連中が集まって、焚火《たきび》をする。バケツや箒《ほうき》のかわりに、お茶とお菓子を持ちより、演習が解除になるまで、世間話に打ち興じるのであった。

＊

農村の生活は、何もかも珍しく、どこから手をつけていいか、はじめのうちは見当もつかなかった。自給自足を志したまではよかったが、お米も炭も野菜も作ろうというのでは、虫がよすぎた。が、さいわい野良《のら》仕事を手伝ってくれる屈強の若者がいた。別の地域でお百姓さんであったが、草薙《くさなぎ》きいちゃんといい、後に私どもの家にいたお手伝いさんと結婚して、以来ずっと世話になっている。その人を先生に、見様見真似《みようみまね》で畑仕事をはじめた。きいちゃんにとっては、さぞかし迷惑なことであったろう。かたわら「組」の方たちにも、何かとお世話になったことはいうまでもない。

私どもが居ぬきの家を選んだのは、生活に必要なお茶、筍《たけのこ》、蕗《ふき》、茗荷《みようが》、こんにゃく、さんしょ、などが手近にあるだけでなく、古い農家は釘を使っていないので、移転すると元の形をくずすからである。そういうことを私は、富士の裾野の別荘で経験ずみだった。百年以上も住みなれた農家には、土に根の生えたような落ち着きがあり、四季折々の食物にも事を欠かない。そういうものは一朝一夕で育つはずがないことを、住んでみて私ははじめて実感した。

前の持ち主が、植木が好きだったので、庭には木の花、草の花が、四季を通じ咲き乱れていた。山には女郎花《おみなえし》、桔梗《ききょう》、りんどうなどが自生し、谷にはえびね蘭《らん》や春蘭《しゅんらん》が至るところに見いだされた。そういう野草も、いつの間にか消えてなくなり、今残っているのは山百合と野菊ぐらいである。野鳥もたくさんいた。一番多いのはこじゅけいだが、雉《きじ》は今でも時々見かけることがある。今年は六月十三日の午前一時ごろ、ほととぎすの初音を聞いた。窓をあけてみると、「ほととぎすなきつるかたを眺《のぞ》むればただ有明《ありあけ》の月ぞのこれる」の歌そのままの風景であった。

羽をひろげると一メートルもある梟《ふくろう》や、鷹も住みついていたが、近ごろはとんとお目にかからない。鷹は小さくてもさすがに威厳があり、庭の木にとまって、羽づくろいをしていると、小鳥がさわいだ。小鳥の中では、ひたきが毎年同じ木の枝に来てとまったことを思い出す。土地の人は「紋つきばかっちょ」と呼んでいたが、紋つきは(羽に白い紋があるので)わかるにしても、何故《なぜ》バカッチョなのか、たぶん私などの知らないところで、間ぬけなことをする鳥なのかも知れない。

そのほか、名前も知らぬ野鳥が無数にいたが、鳥類図鑑をめくってみても、私にはわからないものが多かった。遠くから飛んで来た渡り鳥なのだろう、おそろしい勢いでガラス戸にぶつかって、目をまわすこともしばしばある。そういう時は、赤チンをつけて、水を与えてやると、やがて息をふき返し、うれしそうに飛び去って行く。その間に、鳥類図鑑をひっぱり出して、しげしげと観察するのだが、私にはどれもこれも似ているように見えるのは、よほどその方面の才能を欠いているに違いない。

＊

私はものに凝るたちなので、畑仕事に熱中し、朝は露をふんで畑に出、夕べには星をいただいて帰るという日々がつづいた。雑草を一本も残さず取り終わった後のさわやかさ、はじめて自分の作った野菜を口にした時のおいしさは、何物にもかえがたい。原稿を書き終えた時の解放感には、なおいくばくかの不安と不満がつきまとうが、戸外の労働はもっと直接的で、五体にしみ渡るような満足をおぼえる。私は健康になった。カルチュア（文化）という言葉は、カルティヴェート（耕やす、培《つちか》う）から出ていることを身をもって知ったように思う。

そういうある日のこと、畑で草を取っていた時、空襲サイレンが鳴りわたった。ふと空を見あげると、大きな飛行機が、銀翼を輝かせて、悠々と飛んでいる。きれいだと思った。それがB29であると知ったのは後のことで、それから毎日きまった時間に、欠かさず飛んで来た。これも後に知ったことだが、彼らは偵察に来て、克明な写真を撮っていたそうである。彼らのすることは、何でもそういう風に計画的で、緻密であるに対して、こちらはバケツと竹槍《たけやり》で立ち向かおうというのだから、どだい無理な話である。

B29はハンコで押したようにやって来て、そのたびにサイレンが鳴ったが、至って無害なので、農村では依然として、のどかな毎日がつづいた。そのうち、きれいだなどといっていられなくなる時が来た。東京に空襲がはじまったのである。

飛行機の編隊は、富士山を目あてに回って来るので、いつも鶴川の上空を通る。新聞には勝った話ばかり出ていたが、その編隊が次第に数を増し、空襲がひんぱんになるにつれて、負け色が濃くなって行くのは目に見えていた。幸いなことに、鶴川村にはほとんど被害はなく、ほんとうの空襲の怖《おそ》ろしさも知らずに終わったが、最後のころ艦載機《かんさいき》の爆撃はすさまじかった。例によって空襲警報が出たので、何となく空を見あげていると、突然東の山すれすれに、多くの戦闘機が現われた。所沢から日本軍に追われて、互いに機関銃を撃ち合っていたのである。逃げる時は低いところを飛ぶものらしく、目にもとまらぬ早さで谷間を右往左往する。アメリカ人の操縦士の顔がま近に見え、はげしい爆音が家をゆるがせた。私は子供たちをかかえたまま、ベッドの下にもぐりこんだが、ずい分長い時間のように思われた。が、実際にはわずか数分のことであったらしい。

その時の戦闘で、来栖《くるす》大使の令息が戦死された。私どもは親しくしていたので、その報告をうけた時は悲しかった。彼はアメリカ人との混血児で、稀《まれ》にみる美男である上、心の優しい青年であった。混血児であることは、当時の陸軍ではずい分辛《つら》いことであり、そのために人一倍勇敢にふるまったのであろう。その心情を察すると、いまだに哀れに思われてならない。

＊

農村の生活は、自然に順応して、すべてが都合よく循環していた。必要以上にむさぼらないのは、野生の動物と同じである。たとえばお茶の木は、どの家にも、ちょうど一年分をまかなうだけ植えてあり、雑木林は、きまった区域を、毎年伐採して行くと、十年でひと回りする。その間に、最初の年に伐った木が育っているというわけだ。そういうことを「輪伐」といったが、太い幹や枝は炭に焼き、細い柴木は薪《まき》になる。落葉の末に至るまで、こやしに使えるといった工合《ぐあい》で、むだになるものは一つもない。

暮れの二十八日にはお餅をつき、小正月と春のお節句にも、お餅をたべる。お彼岸やお盆の行事も盛大に行なわれた。中でも印象に深いのは、「さいの神」のお祭りで、そこでは子供たちが主役であった。一月十六日の夜に行なうしきたりであったが、その前日に子供が四、五人で、家の竹を切りに来る。昔からそういう習慣になっていたらしい。昭ちゃんが手下をひき連れて、かしこまって挨拶に来たことを覚えている。村の少年はそういう風にして、自分たちの仕事と行儀を身につけて行った。

家の前の田圃の一郭に、その竹を束ねて、大きな「どんど」を作る。やがて、十六日の夜になると、それに火をつけ、盛んな炎が天を焦がし、竹のはじける音が村中にひびく。それを合図に、どの家からも子供が飛び出して来る。手に手に、お団子をいっぱいさした枝を持ち、それを火にあぶってほおばる。大人も去年のお札やだるま様やお護《まも》りを持ちよって、火にくべた。そうすることによって、去年の汚れと災いをきよめ、新しい生命を身につけたのである。

地方によっては、「とんど」とも「さぎちょう」とも、あるいは単に「山」とも呼ばれるが、いずれもさいの神（道祖神）の祭りであることに変わりはない。こうして書いてみてわかるのは、古いお札などを持ちよる大人は過ぎ去った年を、子供は未来の生命を現わすことである。もしくは、去年の死と、来年の誕生を象徴するといってもよい。枝にさしたお団子は、飛驒《ひだ》の「餅花」ほど見事ではないが、やはり稲の花を模したもので、来たるべき豊作のお呪《まじな》いであろう。

毎年きまった時期におとずれる旅の職人や芸人もいた。今でも能ケ谷《のうがや》神社のお祭りには、旅芸人がまわって来るが、私どもが移って来る以前には、飛驒の指物《さしもの》師《し》が来たそうである。土地では「飛驒のたくみ」と呼んでおり、家の屋根裏には、彼らの作った行燈《あんどん》や机が残っていた。仕事を頼まれると、彼らはその家に何日でも滞在して、材料は家の木（おそらく前年に伐ってかわかしておいたのだろう）を用いたから、わずかな手間賃で済んだ。交通が不便な時代には、それがどんなに便利であったことか。単に便利なだけでなく、娯楽の少ない村の人々は、旅のまれびとのおとずれを、待ちこがれていたに相違ない。そうして諸国の動静を知り、こちらの情報も伝えて、全国に知識と技術がひろまって行った。日本の手工芸の発達は、旅の職人に負うところが多い。

＊

空襲がはげしくなると、東京では強制疎開がはじまり、鶴川村も目に見えて人口がふえた。せっかちな私どもが、一足先に東京から逃げだした時、国賊呼ばわりをした人々が、今度は「先見の明」があるといって褒めた。その同じ人々が、戦争が終わって、世の中が落ち着くと、「こんな草深いところに、よく我慢していられる」とせせら笑った。近ごろでは、地所の値段が上ったので、また何かとうるさいことである。世の中とはそんなものだろう。だが、私どもは別に「先見の明」があって引っ越したわけでなく、地価が上ることなど考えてもみなかった。早くいえば単なる趣味の問題で、ここをついの住処《すみか》としてえらんだにすぎない。馴《な》れるまでには、いろいろ誤解をうけたり、辛いこともなくはなかったが、「住めば都」とやらで、今はたのしい思い出しか残ってはいない。

チェホフの小説に、田園の生活を描《えが》いた作品がある。今、その本が見当たらないので、題は忘れたが、都会の若い夫婦が、理想に燃えて、田舎へ引っ越して来る。奥さんは無類の善人である上、信仰心が深く、無知な村びとに、神さまを信じるようにすすめたり、不潔な生活を改めさせようと、毎日熱心に説いてまわっている。時には、死にかけた子供を救ったこともあり、病気の老婆を見舞うなどして、その努力は涙ぐましいほどである。彼女も善行をほどこすことに大きな満足を味わっていたが、深くつき合えばつき合うほど、村の人々は感謝するどころか、次第に悪意を持つようになり、夫婦はついに居たたまれなくなって、村を去ってしまう。自分たちはあんなに親切にしてあげたのに、どこが間違っていたのか、人の好すぎる彼らには、永久に合点《がてん》が行くはずもなかった。

彼らが住んでいた家に、またしても都会から、若い夫婦が引っ越して来た。前の持ち主とはちがって、かたく門戸をとざし、村の人々とはつき合いもしない。必要以外に、口をきくこともなかった。ところが、以前とは打って変わって、評判がいい。――今度の持ち主はよほど偉い人に違いない。その証拠には、我々を放っといてくれるし、うるさいお説教もしない。確かに立派な人たちだと、大いに尊敬したという。何しろ本が手元にないので、こまかいところは忘れたが、まず大体は以上のような話である。

この小説を読んだ時、私は身につまされる思いがした。もちろん、日本の農民は、ロシアのそれよりははるかに程度が高く、無知でもない。また私どもの方も、田園の生活に、それほど大きな夢を描《えが》いていたわけでもない。だが、習慣の違いというものはおのずからあり、我々の常識では、はかり知れぬものがあったことも事実である。考えてみれば、それは何も農民にかぎるわけではあるまい。人間が二人よれば、考えかたの違いや誤解が生まれるのは当たり前のことで、チェホフはその微妙な人間関係を、都会と農村の対比において、たくみにとらえてみせたのであろう。それにしても、この小説は、私に多くのことを教えてくれた。私は次第に人間嫌いになるかたわら、一方ではいよいよ人間好きになって行った。

村の訪問客

私は子供の時から、梅若実《うめわかみのる》先生と、その令息の六郎《ろくろう》先生にお能を習っていたので、鶴川へ移った後も、稽古だけはつづけていた。一週間か十日に一度ずつ、浅草厩橋《うまやばし》の舞台へ通ったが、はじめのうちは小田急もすいていたから、今よりははるかに楽だった。そのころには、お弟子も少なくなり、演能の回数もへったため、先生方もおひまである。こういう機会に、はじめからやり直そうと、ズボンとシャツ姿で、基本から教えて頂いた。そういう恰好《かっこう》の方があらが見えるからである。

梅若家には、先祖伝来の能面と装束が保存されている。その中には将軍秀忠《ひでただ》から拝領した美しい縫箔《ぬいはく》や、重要美術品の面がたくさんあり、大正大震災にも落ちなかったという蔵の中に入っていた。が、もし空襲におそわれたら、いかに頑丈な蔵とはいえ、ひとたまりもあるまい。鶴川の家におあずかりしましょうと、再三再四すすめたが、実先生は頑として聞き入れられない。

「これは私が先祖からあずかったものですから、もし空襲で焼けたら、私も一緒に死にます」の一点張りである。これには一言もなかったが、いよいよ戦争が激しくなると、見あげたお覚悟では済まされなくなって来た。「先生の私物ではない、日本の国のためです」などと偉そうなことをいい、もぎとるようにして鶴川へ運んでしまった。むろん若い方たちは、はじめから賛成だったので、家の屋根裏に運び入れてほっとした。案の定、間もなく厩橋の舞台もお蔵も焼け、実先生は隅田川の水につかって、九死に一生を得られたという。

そういう次第で、梅若さんの一族は、しじゅう虫干しや手入れのために家へみえた。しぜん私も、今まで近くでながめたことのない美術品を、手にとって見ることができたし、しまいには許しを得て、能面を私の居間にかけておいたりした。専門家ではないので、彫刻に対する知識はぜんぜんなかったが、そういう風にしてつき合ってみれば、相手はおのずから語りかけて来るものだ。毎夜のごとく、いろり端に座って、何度私は能面と言葉を交わしたことか。終戦後しばらくたって、『能面』の本を書くことができたのも、まったくその時の経験によると深く感謝している。

次第に私どもの家は、「お荷物預かり所」みたいになり、屋根裏も納屋も友達の荷物で一杯になった。お客様もふえた。戦争中は、食物も人手も不足して、みな辛い思いをしていたが、一方では今より時間の余裕があり、精神的には充実した日々を送っていたような気がする。

処女出版の本が出たのも、鶴川へ越してすぐのことだった。生まれてはじめて自分で得たお金を手にした時はうれしかった。それは小切手であったが、惜しくて現金には中々かえられない。ある夜の夢に、泥棒が入って、その小切手をぬすもうとしたので、「現金をあげるから、それだけはおいてって」と頼んだことを思い出す。

*

そのころの鶴川村は、ほとんど無医村にひとしかった。子供たちのために、それだけが心配であったが、折よくかかりつけのお医者様が、疎開したいから家を探してくれといわれた。渡りに船とばかり、私はすぐに見つけてあげ、先生は近くに移って来られた。

馬場辰二氏といえば、古い医師はみな知っていられるに違いない。東京帝大（今の東大）はじまって以来の秀才とかで、その卒業論文は、長い間医学生の模範になっていたという。が、どういうわけか帝大には残らず、一介の町医者となって、赤坂で開業されていた。私は子供の時から診て頂いており、親子三代にわたって親しくしていたが、馬場先生のほんとうの人間を知ったのは、鶴川へ来られた後のことである。

だれに聞いても診断は的確であったのに、先生にはとかくの噂《うわさ》がつきまとった。それはもっぱら医師の間で、幇間《たいこもち》医者だとか、欲ばりだとかいわれていたが、患者にとっては診断が第一だから、私どもにはどうでもいいことであった。前々から先生は、漢方に興味をもっておられ、鶴川へ移ってからは、毎日野山で薬草の採集に余念がない。私もときどきついて行って、教えて頂いた。その往《い》き復《かえ》りには必ず家へ立ちよって、白洲と下手な将棋をさし、一日遊んで行かれる時もあった。

「先生、名医って何ですか」

ある日私が愚問を発すると、かたわらにあるペンをとって、「風の如《ごと》く行く、風の如く去る」と書いて、呵々《かか》大笑《たいしょう》された。私が病気になった時、こんなこともいわれた。

「薬なんて利《き》くものじゃない。せいぜいアスピリンと何と何と……五本の指で数えるしかない。医者を信用することが第一で、あとは自分の身体が直してくれる」

「そんなこと、病人におっしゃっては駄目じゃないですか」

「いや、あなたの場合は、それでいいのだ。十人十色だからね」

と、また呵々大笑される。村に病人が出るたびに、私は馬場先生を紹介した。時にはただで診察して下さることもあり、お米や麦をお礼に持って来る人もいた。

夜中の三時に雪の中を、リヤカーで迎えに行ってもすぐ来て下さった、と感謝された時には、「風の如く行く」を実行される先生だと思い、世間の噂とは大分違うことを知った。

反対に、失敗したこともある。ある家に胃潰瘍の病人がいるので、例によって、早速先生に診て頂いた。病気はかなり進んでいたので、直ちに入院する必要があるという。すると、その家の人々は、「馬場先生の診断は重すぎる。もう診てもらうのはいやだ」と、先生ばかりか、私どもまで恨まれた。似たような失敗は何べんもあり、私が謝まると、先生は笑いながらいわれた。

「無医村には、無医村だけのことがあるのですよ。あの人たちには、医者よりおまじないの方が利く。世の中、それでいいんです」

ほんとうの名医とはそうしたものだろう。馬場先生は、終戦後まもなく亡くなられたが、あの先生のような人生の名医は、だんだん少なくなって行くに違いない。

＊

先にもいったように、戦争中はお客様が多かった。ふだん会わないような人たちも、なつかしがって訪ねてくれた。いつ死ぬかわからない、これが最後かも知れない、という気持ちをだれでも持っていた。食料は充分とまで行かないが、農村には自然の恵みがある。春になれば蕗《ふき》の薹《とう》や筍《たけのこ》を、秋は栗と柿をお土産にあげることができた。

秩父宮《ちちぶのみや》様までおいでになった。妃殿下と私は同級で、アメリカでもご一緒だったので、親しくして頂いている。宮様はもうお体が大分悪かったが、御殿場で畑をやっておられ、子供だましのような私どもの田畑を、熱心に見て回られた。

それはたしか初夏のころで、「雑草が生えて困ります」というと、殿下は「雑草が出るのはうらやましい。御殿場では草も生えない」と、寂しそうにいわれた。気候が寒い上、火山灰で、地味が痩せているためだが、心なしかそれだけではないようにお見うけした。

私どもの次男は、昆虫が好きだったので、「もうわたしはいらないから」と、立派な昆虫図鑑をおみやげに下さった。次男は六つか七つだったが、とたんに殿下のお膝にかじりついて、「宮さま、死んじゃいや」と大声で叫んだ。御病気が思わしくないことを、小耳にはさんでいたのであろう。私は周章《しゅうしょう》狼狽《ろうばい》した。殿下は黙って微笑していられたが、あとで妃殿下にうかがった話によると、「あんなことをいわれたのは、生まれてはじめてだ」と、喜んで下さったという。

梅原龍三郎《うめはらりゅうざぶろう》氏と、安井曾太郎《やすいそうたろう》氏も、写生をしがてら遊びにみえた。安井さんは、その温厚な人柄に似て、武蔵野の風景が気に入り、色鉛筆で何枚も写生をなさった。が、梅原さんの方は、風景でも人物でも、一級の美しいものしか興味を持たれないので、雑木林などには目もくれず、一日将棋をさしてすごされた。その対照が、私には面白かった。当時は梅原・安井と並び称されて、画壇に君臨していたお二人だが、梅原さんはますます健在で、安井さんはその後ほど経ずして他界の人となられた。「長生きも芸のうち」という名言を吐いたのは、たしか吉井勇《よしいいさむ》であったが、年をとるとそういうことが身にしみてわかるような気がする。

近衛《このえ》文麿《ふみまろ》さんも、御夫婦で訪ねて下さった。顔を洗っても、だれかがタオルでふいてあげるまで、じっとそのまま待っているような方で、そういうところが我々とはちがっていた。

書が上手な方なので、後水尾天皇にしようか、三藐院《さんみゃくいん》にしようかなどと、しばらく考えた末、後水尾流で「渡水復渡、水谷花還……」という詩を書いて下さった。あまり上手なため、だれの字でも自分のものにされたが、近衛文麿の書体というものを、私はついに知らずに終わった。近い将来に自殺されるとは、夢にも思わなかった時代で、春が来るたびに、その書を床の間にかけ、冥福を祈ることにしている。

＊

ゲーテがどこかでこんな意味のことをいっていた。——我々の手本になる人間は、別に教育をうけた人たちとは限らない。農民の中にも、手本とすべき人物は同じくらいいるものだと。

鶴川のお百姓さんにも、そういう人が何人かいた。ただ彼らは寡黙なので、日常の暮らしとか、態度によって知るほかなく、書くのは中々むつかしい。

家の隣のホノ吉じいさんは、ひまさえあれば道普請をしていた。「わしはもう年よりだから、力仕事はできない。こうして道を直しておけば、皆が喜んでくれるだろう」と、ていねいに土をかきよせたり、石でかためたりしていた。ある時、菜の花がいっぱい咲いた畑の中に、ぼんやり座っているので、「おじいさん、何してるの」と話しかけると、「自分で丹精した畑に、こんなきれいな花が咲いた。極楽に行った気分ですよ」そういいながら、煙管《キセル》をぽんとはたいた。それから数年後にホノさんは、その言葉どおり眠るがごとく大往生をとげた。

「ゲンキ屋」のお婆さんは、百何歳まで生きた。目も足も弱くなっていたが、「おてんと様に済まないから」といって、唯一のできる仕事であった藁草履《わらぞうり》を、朝から晩まで、土間で作っていた。藁草履など、だれもはかなくなった後までも、彼女は仕事をやめなかった。おてんと様に手向ける、という気持ちだったに相違ない。その最後の「作品」を、わざわざ私にとどけて下さったが、もったいなくてはくことができず、今でも大切にしまってある。

長さんのおばさんは、やくざの娘であった。長さんは屋根屋で、家の屋根替えも彼にしてもらったが、おとなしい養子なので、おかみさんの前では頭が上がらない。その屋根替えの時、おばさんは不思議なことをささやいた。

「つき合いというものは、はじめはだれでもうまく行くが、長くなると、きっとむつかしくなって来るものです。どうぞ末長くかわいがってやっておくんなさい」

まだ若かった私は、ただの挨拶だと思っていたが、その言葉が真実であることを、やがて知る時が来た。別に農村にかぎるわけではない。人間同士のつき合いというものは、お互いにむつかしくなった時、はじめてほんとうのつき合いがはじまるのではあるまいか。おばさんはふつうの農家の人たちより、そういうことを身にしみて知っていた。多くは語らなかったが、「やくざの娘」が一生つきまとって、人にはいえぬ苦労をしたに違いない。出が出だけに、江戸っ子みたいに歯切れがよく、侠気《きょうき》があって、人の面倒をよくみた。年はちがっても、私とは無二の親友で、蚕を飼うことから、糸をとること、反物に織りあげるところまで、手をとって教えてくれた。

ある年のお盆に、家族が門前に集まって、迎え火を焚いていた。「婆さんもこっちへ来なよ」「あいよ、今すぐ行く」といったきり、いつまでたっても現われない。長さんが見に行くと、立て膝をしたままの姿で死んでいた。おばさんは好い人で、信心深かったから、先祖の人々が「お迎え」に来たに相違ないと、後々までも村の語り草になっている。

＊

たしか昭和二十年の春の夜のことだ。家の山からは、東京の空襲がよく見えたので、どの辺が燃えているか、大体見当がつく、「五反田じゃないかしら」「どうもそうらしい」といっているうちに、はたしてラジオが「目黒・五反田空襲中」と放送した。

五反田方面を気にしたのは、そこに河上徹太郎《かわかみてつたろう》さんが住んでいたからで、焼けたら家へおいでなさいと、あらかじめ約束ができていた。白洲はおにぎりを作って、その夜のうちに迎えに行った。空襲の時は電車も止まるので、五反田へ着いたのは、明け方近くになっていたという。

河上さん夫妻が、よれよれになって鶴川へたどりついたのは、暗くなってからだと記憶している。しばらく焼夷弾《しょういだん》のすさまじさや、空襲の恐ろしさを聞いた後、とっときのお酒を飲んで、命の無事だったことを祝福し合ったが、それから二年ばかりの間、お二人は家に同居することになる。

私はアメリカの女学校に行ったので、幸か不幸か、文学少女になる時期を逸した。が、既にものも書いており、文学にはひと方ならぬ興味をおぼえていた。河上さんから聞く文士の話、文壇の動静には、熱心な聞き耳をたてたものである。中でも、小林秀雄さんや青山二郎さんの話は面白く、河上さんが一緒に飲みに行くのがうらやましくてならなかった。何がうらやましいかといえば、男同士の赤裸々なつき合いぶりが、そういうことと縁のない環境に育った私には、うらやましいというより焼餅がやけた。大使館や社交界のつき合いにあきあきしていた私は、そこに新しい世界が開けることを夢に見た。思い出してみれば、私は途方もない理想家であり、世間見ずの子供にすぎなかった。が、文壇人と会う機会はなかなか来ず、つづり方の勉強でもするように、ものを書いては河上さんに見て頂き、憂《う》さを晴らしていた。

河上さんは、名だたる酒豪である。その飲みっぷりのよさ、酔いっぷりのすさまじさには、舌を巻くばかりであった。まだ銀座の裏通りや新宿に闇酒を飲ませてくれる家があり、お供をするのはよかったが、帰りが事だった。そのころの小田急は、自分で扉《ドア》をあけるようになっており、こわれてあけっ放しになっている場合もある。酔っぱらった河上さんは、そこから身を乗り出し、夜空に向かって何事か大声でわめく。私は必死になって後ろからしがみつき、新宿から鶴川までがんばり通したこともある。これも修業の一つと、歯を食いしばっていたのだから、滑稽というほかはない。もとより、泥酔《でいすい》しなくては堪えられない文士の辛さなど、当時の私にはわかるはずもなかった。

河上さんは、農村の生活が気に入ったのか、その後隣村の柿生《かきお》に家を建て、今もそこに住んでいられる。家に同居している間は、駅まで歩く以外に、散歩もしない人だったが、柿生では猟犬を飼い、毎日鉄砲を撃ってたのしんでいる。犬をかわいがることでは、御夫婦とも、どちらが主人かわからないほどで、いつもソファーに長々と寝そべっているのは犬の方である。河上さんが酔っぱらってからんでも、またかという顔であしらっているのは、犬の方が私より、はるかに「人間」ができているような気がしてならない。

*

私の父は樺山愛輔《かばやまあいすけ》といい、晩年は大磯《おおいそ》に住み、昭和二十八年の秋に亡くなった。酒も煙草も飲まない謹厳実直な人間で、十四歳の時から外国に留学していたため、英語は（もしかすると日本語より）達者であった。日本製鋼所につとめるかたわら、国際的な事業に熱心であったので、戦争中は親米派として憲兵隊ににらまれ、戦後はパージになって追放された。が、そういう矛盾に対しては、ひと言も不平や愚痴をもらすことはなかった。若い時は気むつかしい人間であったというが、子供にとっては好い親父で、特に末っ子の私はかわいがってくれた。

母が病身のせいもあって、教育から衣類の末に至るまで面倒をみてくれたので、時には私の方が重荷に感じたこともあるらしい。十三、四歳の生意気ざかりのころ、「温室育ち」という作文を書き、父が読んで深刻な顔をしたのを覚えている。「かわいい子には旅をさせろ」というわけか、私を一人でアメリカへ留学させたのは、それから間もなくのことであった。

その年の春、父は伊勢神宮と大和方面へ連れて行ってくれた。それ以前にもよく旅行には同行したが、この時は日本の歴史の原点を見せておく気持ちもあったように思う。アメリカへは四年間行く予定で、「四年といえば、千五百日足らずしかない。一日でも日本人に会って、日本語を話したら損だと思え」と、その旅行中に申し渡された。そのくせ日本にいる間は、英語を一つも教えてくれなかった。日本で習っても、肌で覚えなければ駄目だというのである。おかげで私は四年後に、日本語を完全に忘れはてたアメリカ娘になって帰って来た。

すると今度は、国文学と漢文を毎日つめこまれるといった工合で、うんざりしてしまった。万事につけてその調子で、過保護というもいいところだが、子供というのは勝手なもので、そういう父親に、ほんとうに感謝するようになったのは、亡くなった後のことである。

昔かたぎの人間だったから、私が結婚した後は遠慮して、あまり訪ねても来なかった。愛してくれたのは確かだが、べたべたしたかわいがり方はしなかった。きびしかったのも事実だが、怒られたことは一度もない。いつも遠くの方から注意して、見守っているという風であった。私に対するだけでなく、何事につけそういった態度で、父は「我慢の人」であったと私は思っている。生活や仕事に対してもひかえ目で、要するに彼は絵に描いたようなジェントルマンであった。私ががらっぱちのおてんば娘に育ったのも、親がきちんとしすぎていたせいかも知れない。

ずい分わがままをいったし、心配もかけたと思うが、父の最期だけは心行くまで看病をした。別に病気というわけではなく、ただ「疲れた」といって寝たきり、二週間後に眠るがごとく世を去った。それは老衰というより、自然の樹木が朽ちはてるような終末であった。死ぬ二、三日前から、話す言葉は全部英語になったので、私がそばにいないとだれにも通じない。明治の人間が、お国のためと思って、どんなに努力をして外国語を身につけたか、そのうわ言は語るようであった。

＊

昭和三十年の春、私は『芸術家訪問記』という本を出版した。その「あとがき」に、青山二郎さんが次のような文章を書いている。

「私は誰でせう。家の中にばかりゐるので、テリヤの様に世間知らずだと思はれてゐる。後足をふん張り、畳の目をふん張つた足が左右に滑べる。そんなポーズに、人も自分も巻きぞへを食つてゐる。有閑マダムと人が呼べば有閑マダムになつて見せ、仕舞《しまい》の名手と公認されれば梅若六郎後援会の会長に納まる」。

「私」というのは、むろん私のことであるが、あんまりほんとうのことをいわれると、癪《しゃく》にさわるものだ。四十をすぎて、まだ腰がきまらぬとは、癪にさわるのを通りこして、悲しくなった。

だが、本人には、いつも本人の言い分というものがある。いくら世間見ずのテリヤでも、戦争という変革期を経験すれば、畳の上でふんばってみたくもなるだろう。生きて知らねばならぬこと、といっては大げさにすぎようが、自分の道を発見したいと思うのは、人間として当然の願いである。世の中には、苦労を知らぬ苦労というものも確かにある。

そこで、「私は誰でせう」ということになるのだが、青山さんはそういうところまで見通してつき合って下さった。時にはおかしく、時にははらはらしながら……。それがこの「あとがき」のように生易しいものでなかったことは、私が胃潰瘍になり、三度も血を吐いたことで想像がつくと思う。胃潰瘍になったことでさえ、青山さんは精神病だといってあざ笑った。

青山二郎、といっても、一般の方たちはご存じないに違いない。だれかがヴァレリイの書いた「X氏」にたとえていたが、物を書かぬ評論家、美術の眼利き、人生の達人などと、並べたてたところで、そのどれからもはみ出してしまう。いっそのこと、何もしない「有閑男」と呼んでおこう。何もしないから、眼だけが発達した八《や》つ目鰻《めうなぎ》のような人物で、多くの文士が、青山さんの門下になり、一時は「青山学校」などといわれていた。

「弟子にしてやろう」といわれた時、それが何を意味するのか、世間見ずのテリヤには、まったく見当もつかなかった。さぞかし色々のことを教えてくれるのだろうと期待していたが、もっぱら遊ぶことと、お酒を飲むことで、……お酒を飲まなければ、青山さんだけではなく、だれもつき合ってはくれなかった。私はいっぱしの酒豪になり、酔っぱらうことを覚えた。酔っぱらうことだって、中々うまくは行かないものである。思い出すと、冷や汗をかくことばかりで、いきなり世間へ飛び出したテリヤは、あまりのまぶしさに狂犬となった。だれにでもかみつき、そこら中を走りまわった。そういう私に、青山さんは、「韋駄天《いだてん》お正」という綽名《あだな》をつけた。

青山さんには、もうかれこれ十五年も会ってはいない。聞くところによれば、彼は病気で寝ついたままであるという。お見舞いに行きたいのは山々だが、私は我慢している。そういうつき合い方もあるということを、彼が教えてくれたからである。

＊

年をとるというのは有りがたいことだ。いつしか私の「狂犬病」もおさまり、お酒もあんまり飲めなくなった。飲めなくなるとともに、楽しむことを覚えた。生まれつきの「韋駄天」は、依然として直らないが、夢を追うことから、仕事の方に向きを変え、歴史の迷路の中を右往左往している。やがてその健脚もおとろえる日が来るに違いない。その時、私の心にも、真の安息がおとずれるであろう。

このごろは至って平凡な毎日で、ひたすら原稿用紙の上で「韋駄天」をつづけている。さいわい足はまだ丈夫なので、山奥の神社、仏閣を訪ねるのは楽しみだし、取材に行った先で、土地の人々に会うことも興味がある。子供というのは、大人の動向をよく観察しているもので、先日、孫が小学校で、こんなことをいったと娘が話してくれた。

先生が、「お父さまは階段を登る時、ドンドンと大きな足音を立てるでしょう。お母さまはトントン、ではお婆さまはどうですか」と聞かれたところ、孫は勢いよく手をあげて答えた。

「家のお婆さまはいつも走ってます」

娘はおかしくてたまらなかったと話したが、それにつけても、うまく年をとるというのはむつかしいことである。最近は、愛犬の「トト」を連れて、毎日散歩をしており、今も原稿を書いている傍《そば》で彼は居眠りをしている。トトと名づけたのもその孫で、一人っ子なので弟がほしい。回らぬ舌で、オトトと呼んでいたのが、トトちゃんになった。今年三歳の柴犬である。

犬の中にも気が合う種類と、そうでないのがいて、あまり小さなペットを私は好まない。大きければ大きいほどいいといっても、セント・バーナードやグレート・デーンでは手にあまる。別に純粋種にかぎるわけではなく、雑種でも一向さしつかえないのだが、今までは代々シェパードを飼っていた。それも手に負えなくなって、柴犬にかえたというわけである。日本犬ははじめてだが、つき合ってみると中々面白い。

熊谷守一《くまがいもりかず》氏は動物がお好きだったのに、犬だけはお飼いにならなかった。理由を聞くと、「人間に忠実すぎて、見ていて辛《つら》いからだ」といわれた。日本犬の中でも柴犬は、主人一辺倒と聞いていたが、トトはお客好きで、だれにでも愛想がいい。泥棒が入っても、じゃれつくのではないかと心配になる。そうかといって忠実すぎるということはない。散歩に行く時、いくら手綱をひっぱっても、自分の気が向かない方へは、両足をふんばって、動こうともしない。ものを教えると、すぐ覚えるかわり、近ごろは自分で戸をあけて逃げ出す。

逃げ出してもすぐ帰って来るが、そのはしっこさと、ずる賢いことは、小にくらしくなるほどだ。気が強いくせに、弱虫なこと、利巧なようで、間がぬけているところも、何やら主人にそっくりで、いやになるより悲しくなる。ある人に、そのことを話したら、「いや、主人の方が犬に似るのでしょう」と笑われた。日本に生まれて年を経たテリヤが、柴犬に似るのは当たり前のことかも知れない。

白洲正子略年譜

一九一〇年――明治43年

一月七日、東京市麴町区永田町に生まれる。父、樺山愛輔、母、常子。樺山家は伯爵家で、愛輔は貴族院議員。また実業、文化的事業に活躍した。

一九一三年――大正2年…三歳

学習院女子部幼稚園に入園。

一九一四年――大正3年…四歳

梅若流の梅若実について能を習い始める。

一九一六年――大正5年…六歳

学習院女子部初等科に入学。

一九二一年――大正10年…十一歳

この頃から本格的に能に熱中する。

一九二三年――大正12年…十三歳

関東大震災が起こるが、家族とともに御殿場の別荘に滞在していたため被災を免れる。

一九二四年――大正13年…十四歳

女性として初めて能舞台に立ち「土蜘蛛」を舞う。九月、渡米し、ニュージャージー州のハートリッジ・スクールに入学。全寮制の厳しい教育を受ける。

一九二七年――昭和2年…十七歳
家族は金融恐慌の影響で屋敷を売却、大磯の別邸に移る。

一九二八年――昭和3年…十八歳
ハートリッジ・スクールを卒業するが経済的事情を思い、進学せずに帰国。能の稽古を再開し、漢文や「源氏物語」を学ぶ。

一九二九年――昭和4年…十九歳
十一月、英字新聞の記者をしていた白洲次郎と結婚。次郎は後に吉田茂の側近となり、終戦連絡の事務に当たる。

一九三一年――昭和6年…二十一歳
二月、長男の春正生まれる。その後、産褥熱のため危篤となる。夫の仕事の関係でヨーロッパに赴く機会が多くなる。

一九三五年――昭和10年…二十五歳
河上徹太郎と知り合い、小林秀雄の本を薦められて読む。

一九三六年――昭和11年…二十六歳
ドイツ滞在中、卵管破裂および腸捻転で入院する。

一九三八年――昭和13年…二十八歳
一月、次男の兼正生まれる。

一九四〇年――昭和15年…三十歳
六月、長女の桂子生まれる。鶴川村能ヶ谷（現、町田市）の農家を購入。この頃、「お能」の原稿を短期間で書き上げる。

一九四二年――昭和17年…三十二歳
東京が空襲を受けたため、鶴川村の農家に転居。

一九四三年――昭和18年…三十三歳
十一月、『お能』（昭和刊行会）を刊行。

一九四五年――昭和20年…三十五歳
罹災した河上徹太郎夫妻が白洲家に滞在し、文士仲間の話に興味を抱く。

一九四六年――昭和21年…三十六歳
河上の紹介で小林秀雄が白洲家を訪れる。また青山二郎と知り合い、骨董に関心を寄せる。

一九四八年――昭和23年…三十八歳
二月、『たしなみについて』（雄鶏社）を刊行。

一九五一年――昭和26年…四十一歳
秦秀雄の開いた料理屋「梅茶屋」に、小林秀雄、青山二郎、河上徹太郎、今日出海らとともに出入りするようになる。
四月、『梅若実聞書』（能楽書林）を刊行。

一九五三年――昭和28年…四十三歳
能面を求めて各地を旅する。

一九五五年――昭和30年…四十五歳
銀座の染織工芸店「こうげい」の開店に協力し、やがて経営に携わる。のち多くの染織作家を発掘、指導する。

四月、『私の芸術家訪問記』（緑地社）を刊行。

一九五六年――昭和31年…四十六歳

「こうげい」に立ち寄る青山二郎らとともに深酒を繰り返し、胃潰瘍となる。

一九五七年――昭和32年…四十七歳

六月、『お能の見かた』（東京創元社）。十一月、『韋駄天夫人』（ダヴィッド社）を刊行。

一九五九年――昭和34年…四十九歳

胆石の手術を受ける。

一九六〇年――昭和35年…五十歳

能の免許皆伝を受けるが次第に能から遠ざかるようになる。

一九六二年――昭和37年…五十二歳

三月、『きもの美―選ぶ眼・着る心』（徳間書店）を刊行。

一九六三年――昭和38年…五十三歳

三月、『心に残る人々』（講談社）。八月、『能面』（求龍堂）を刊行。

一九六四年――昭和39年…五十四歳

『能面』により第十五回読売文学賞を受賞。

十月、東京オリンピックのさなか、西国三十三カ所の霊場を巡る。

二月、『花と幽玄の世界―世阿弥』（宝文館出版）を刊行。

一九六五年――昭和40年…五十五歳

次男の兼正が小林秀雄の長女明子と結婚。

一九六七年――昭和42年…五十七歳
三月、『巡礼の旅―西国三十三ヵ所』（淡交新社）を刊行。

一九六九年――昭和44年…五十九歳
十一月、『栂尾高山寺　明恵上人』（講談社）を刊行。

一九七〇年――昭和45年…六十歳
「かくれ里」執筆のため近畿地方の村里を旅して廻る。
「こうげい」を知人に譲渡し、著述活動に専念する。
十二月、『古典の細道』（新潮社）を刊行。

一九七一年――昭和46年…六十一歳
十二月、『かくれ里』（新潮社）を刊行。

一九七二年――昭和47年…六十二歳
「近江山河抄」執筆のため近江を旅する。

一九七三年――昭和48年…六十三歳
『かくれ里』により第二十四回読売文学賞を受賞。
十月、『ものを創る』（読売新聞社）。十一月、『謡曲平家物語紀行』上巻（平凡社、十二月に下巻）を刊行。

一九七四年――昭和49年…六十四歳
「十一面観音巡礼」執筆のため奈良や近江の古寺を訪ねる。

一九七五年――昭和50年…六十五歳
二月、『近江山河抄』（駸々堂出版）。十二月、『小袖』（平凡社）を刊行。
一九七六年――昭和51年…六十六歳
十二月、『古典夜話』（平凡社、円地文子と対談）、『十一面観音巡礼』（新潮社）を刊行。
一九七八年――昭和53年…六十八歳
十月、『やきもの談義』（駸々堂出版、加藤唐九郎と対談）。十二月、『私の百人一首』（新潮社）を刊行。
一九七九年――昭和54年…六十九歳
十月、『魂の呼び声―能物語』（平凡社）を刊行。
一九八〇年――昭和55年…七十歳
十一月、『道』（新潮社）。十二月、『鶴川日記』（文化出版局）を刊行。
『魂の呼び声―能物語』により児童福祉文化奨励賞を受賞。
一九八一年――昭和56年…七十一歳
十二月、『花』（神無書房）を刊行。
一九八二年――昭和57年…七十二歳
五月、『日本のたくみ』（新潮社）を刊行。
二月、『私の古寺巡礼』（法蔵館）。五月、『謡曲・平家物語 旅宿の花』（平凡社）。八月、『縁あって』（青土社）を刊行。
一九八四年――昭和59年…七十四歳

『白洲正子著作集』全七巻が青土社より刊行される。

一九八五年──昭和60年…七十五歳
十一月、夫の白洲次郎が死去。

一九八六年──昭和61年…七十六歳
一月、『草づくし』（新潮社）。九月、『白洲正子の新古今集 花にもの思う春』（平凡社）を刊行。

一九八七年──昭和62年…七十七歳
「西行」執筆のためゆかりの地を旅する。
友枝喜久夫の能を鑑賞し、ふたたび能の世界に関心を寄せるようになる。白内障の手術を受ける。

一九八八年──昭和63年…七十八歳
九月、『木──なまえ・かたち・たくみ』（住まいの図書館出版局）を刊行。
十月、『西行』（新潮社）を刊行。

一九八九年──平成元年…七十九歳
十一月、『老木の花──友枝喜久夫の能』（求龍堂）、『遊鬼 わが師 わが友』（新潮社）を刊行。

一九九一年──平成3年…八十一歳
日本文化の継承発展の功績により、第七回都文化賞を受賞。
七月、『いまなぜ青山二郎なのか』（新潮社）。九月、『雪月花』（神無書房）を刊行。

一九九三年——平成5年…八十三歳
五月、『対話——日本の文化について』（神無書房）。九月、『随筆集 夕顔』（新潮社）を刊行。

一九九四年——平成6年…八十四歳
十一月、『風姿抄』（世界文化社）。十二月、『白洲正子自伝』（新潮社）を刊行。

一九九五年——平成7年…八十五歳
五月、『白洲正子 私の骨董』（求龍堂）。九月、『日月抄』（世界文化社）。十一月、『名人は危うきに遊ぶ』（新潮社）を刊行。

一九九六年——平成8年…八十六歳
四月、『雨滴抄』。十月、『風花抄』（ともに世界文化社）を刊行。

一九九七年——平成9年…八十七歳
三月、『両性具有の美』（新潮社）。七月、『夢幻抄』（世界文化社）。十月、『おとこ友達との会話』（新潮社）を刊行。

一九九八年——平成10年…八十八歳
一月、『日本の神々』（新潮社、とんぼの本）を刊行。
十二月二十六日、肺炎のため逝去。

（年譜作成＝高丘卓＋稲田智宏）

【初出・所収一覧】（本書の題名および＊印の各章の題名は編者が独自に付けたものです）

Ⅰ

美しくなるにつれて若くなる＊

たしなみについて（抄）……………『たしなみについて』雄鶏社　一九四八年

Ⅱ

成熟について＊

新しい女性のために……………『たしなみについて』雄鶏社　一九四八年

智恵というもの……………『たしなみについて』雄鶏社　一九四八年

進歩ということ……………『たしなみについて』雄鶏社　一九四八年

お祈り……………『たしなみについて』雄鶏社　一九四八年

創造の意味……………『たしなみについて』雄鶏社　一九四八年

Ⅲ

生き甲斐について＊

鶴川日記（抄）……………「読売新聞」　一九七八年

＊編者注――本書に右記作品を収録するに際し、テクストは『日月抄』（世界文化社　一九九五年）、『白洲正子著作集』（青土社　一九八四～一九八五年版）を定本としました。

解説

始めもなく、終わりもなく

福田《ふくだ》和也《かずや》

兄事《けいじ》している友人が、「白洲正子という人は偉いのか、偉くないのか、分からないところが偉い」と戯《たわむ》れ半分に云《い》った事があって、その言葉が、聞き捨てならない事として強く残っている。

確かに白洲氏は、「偉い」のかどうかよく分からない。

何々の先生とか、学者とかでもなければ、何やらの美術館の長でもなく、あるいは技芸を極めた人間国宝とか、定評ある鑑定家でもないし、勲章だの、芸術院だのは、恐れをなして寄ってこない景色だから、張り札めいた「偉さ」とは無縁である。

にもかかわらず、白洲氏に強い畏敬の念を抱いてしまうのは、そんな「偉さ」とは関係のないところで生きておられて、しかもそれは張り札のような「偉さ」

への反発（という拘泥《こうでい》）によってではなくて、もっと根本的で自然なやみ難《がた》さに従って――このやみ難さを小林秀雄にならってデーモンと呼んでもいいけれど――完成を、白洲正子自身としか呼ぶほかにない、けして一つの形に固着しない完成を迎えている、そのような感慨を、白洲氏の姿や文章に触れると、感じずにはおられないからだろう。

かつて洲之内徹《すのうちとおる》が、青山二郎のことを、「誰でもない」存在と形容し、白洲氏が賛意を示した事があって、それはまた白洲正子にもあてはまる気がしないではないが、白洲氏と青山二郎の「誰でもなさ」は違う。

時々の境遇や条件の変化によって、その見せる相貌は変わったようだが、青山二郎という人は、ごく若い頃にすでに完成してしまっていたのではないか。少なくとも、文章や装丁などで見る限りにおいては、私にはそう思える。

けれども白洲氏は、長期間に亙《わた》って、ご自分を少しずつ作ってこられたのだと思う。あるいは、作ろうなどと思わずに、作った。

青山二郎に「韋駄天《いだてん》お正」とあだ名され、「テリヤの様に世間知らず」と評された白洲氏が、その力の限りに奮闘したあげくに、「あぁ、白洲正子だ」と感嘆してしまう姿をその文に獲得した事が、有り難く、そして畏怖を覚えるのである。

白洲氏は「立派な人は、多くをしゃべりません。たったひと言で磐石の重みをもちます。何につけ、結局、最後のものは一つしかありません。どんなに多くの言葉をついやそうと、私達はたった一つのことしかいえないのです。」と書いた後に、こう書いている。

「若いうちは色々の失敗をしてみるのもいいと思います。恥をかくことがこわいようでは何も実行出来ません。なんにも覚えもしません。／おしゃべりな人はしゃべればいいのです。しゃべってしゃべってしゃべりぬいて、恥をかいたり後悔したりして、ついに、いくらしゃべってもどうにもなるものでない、と知れば無口になるにきまっています。しゃべりたいのを我慢して、いくら機会をねらったとて、『珠玉のような一言』なんて吐かれるものではないのです。」（「たしなみについて」）。

語ることに、生きることに、貪欲な者のみがたどりつく沈黙の重みにこそ、言葉に本来の精彩があるように、さまざまな人の手をへて、とりどりの形をなして現われる美のあり様も、煎じ詰めれば一つの形に集約していく、そのあり様に逢《ほう》着《ちゃく》することになる。『美』というものはたった一つしかなく、いつでも新しくいつでも古いのです。」（「同上」）。

美が一つになるとは、如何《いか》なる事か。言葉の貧しさを省みずに云えば、白洲氏もまた風流の人と云う事になるだろう。だが、この風流の人は、茶道とか、華道とかなどの、尋常の修行をした人ではない。尋常の人が安心して認める、免状とか資格とかと全く無縁なところで、風流を極めたのだ。

当り前である、そんなところに風雅などはあるはずもないからだ、というのはたやすい。しかし一体何でまた、風雅などというものを、誰にも頼まれた訳でもないのに、ある人が追求し、その過程を一人で、歩み形作らねばならないのか、と考えると、その問いは存外簡単ではない。

千利休《せんのりきゅう》にしたって、茶道の祖に彼を祭り上げたのは、後世の人々であって、道だの何だのというのは、彼には与《あず》かり知らないことだろう。後世の人々が、利休がそのデーモンに導かれ、歩んだ跡を一本の道筋として眺め、そして奉《たてまつ》っただけのことだ。しかし「だけ」といってしまった後に、それでは一体何が利休のデーモンだったのか、彼をして、彼たらしめたものなのか、を把《つか》むことは難しい。

無論説明することは可能である。彼のものと伝えられているエピソードや伝説を並べ立てて、歴史的背景や文化史的展開などにはめこんでみて、語ることは容易だろうし、実際に何百という人が、そのように語ってきた。だが、それは説明にすぎず、説明がただ納得だけを求めて、結局は眼前の何も見ないということであるならば、ただの自己満足、あるいは納得の押し売りにほかならないならば、まだしも宗匠に弟子入りをして、袱紗《ふくさ》の弄《あつか》い方でも習った方が、まだ志にもとらないというものではないか。

にもかかわらず、これこそが利休だという事をつきとめようとするならば、あらゆる説明なり、事跡なりを振りほどいて、どう叩《たた》いても、ひっくり返しても、これが利休だ、というものを、追い詰め、問い詰めていくしかない。

そのように発見した利休は、云う迄《まで》もなく、己自身の利休にほかなるまい。しかしそれが、どうしたってそうでしかありえない自分の利休であるのならば、何を恥じることがあるだろうか。真実などということ、発見などということがあり得るとすれば、それは底の底に届いた独断としてしかありえない。あらゆる仕事と呼べる事跡と同様に。

白洲氏はこう書いている。

「何か書くということは、ある程度、独断でやらぬかぎり出来るものではありません。いや、ついには徹頭徹尾独断でないかぎり、人は何一つやってのけることは出来ないのです。」(「同上」)

「徹頭徹尾独断」でなければならないというのは、周囲を慮《おもんぱか》らず、専行しなければならないという謂ではない。最早《もはや》他人などどうでもよくなるほどの確信の強さ、意気軒高な孤独のなかでこそ、隔たる世に知られるような仕事は、発見はなされるのだから。

そしてその仕事なるもの、発見なるものは、究極のところの自分の姿、自分自身のデーモンの写し絵にすぎないことに、徹底して問うた者は気づかされる。白洲正子氏の描く西行《さいぎょう》も、明恵《みょうえ》も、あるいは青山二郎も、みなそのように彫り込まれた相貌をもっている。

先程私は、完成という言葉を使ったが、それはいささか舌足らずかもしれず、何故《なぜ》ならば白洲氏において完成とは、固定した一つの形に納まるということではなく、これしかないという形で露《あらわ》になったデーモンにどこまでもつき従っていくという構えが出来たという意味での、完成であるからだ。

例えば、小林秀雄について云えば、その批評文の完成を小林は『無常といふ事』で迎えている。しかし小林は、そこから歩みを止めずに『感想』という長大な「失敗作」を残し、さらに『本居宣長』を書いた。もとより『宣長』は偉大な書物だけれど、かつて白洲氏が指摘したように批評としてのスリル、美しさを断念した上で書かれている。そのような歩みを強いたのは、小林のデーモンにほかならないだろうが、自らを踏み越えていく小林の姿は、私たちに畏怖の念を抱かせる。と同時に、それはある種の救いでもあるのだ。

救いという云い回しは奇妙だろうか。

白洲正子氏は世阿弥《ぜあみ》の言葉「命に終わりあり。能に果てなし」を引き、書く。

「『まさにそのとおり』ではありませんか。そうでない、という方は、それほど切に望んでいないか、ほんとに仕事を愛していないか、それともうぬぼれているか、そのいずれかです。」(「智恵というもの」)。

世阿弥ですら、「果てなし」と云った事は、衆生《しゅじょう》にとっては絶望かもしれない。だが、天才にしてなおたどり切れない途《みち》であるとすれば、誰もがその大きな途を一心に歩むしかないではないか。
「世阿弥の言葉のように、人の命には終わりがあるでしょうが、文化には始めも終わりもありません。更に、もし自分がその大きな文化の中にとけこんでしまうなら、個人の命にしても〝始〟も〝終〟もなくなるわけです。」(「進歩ということ」)。

溶け込む、という事が、すなわち「果てなく」歩むこと、いつも自分を踏み越えて、彼方《かなた》に向かって歩もうとすることに違いあるまい。

本来の文化という立場に拠《よ》った時に、個人はかき消されてしまう。かき消されることは、しかし救いではないか。自分のつたない技もまた、大きな流れに呑《の》み込まれ、思わぬ花をつけぬとも限らない。その大きな一つのものへの敬虔《けいけん》さだけが、生きるということにおいて、確かなものではないのか。

白洲正子氏の姿が、文が、まさにそうでしかありえない姿をしているのは、まさに氏が、この始めもなく、終りもないものへの、潑剌《はつらつ》とした敬虔さそのものとして生きておられるからに相違ない。

(文芸評論家)

本書は一九九八年九月に「ランティエ叢書」として刊行されました。

「ランティエ叢書」の表記について

1…旧仮名づかいは現代仮名づかいに、旧字は新字に改めました。

2…送り仮名はなるべく原文を尊重しました。

3…できるだけ読みやすくするため、漢字には適宜に振り仮名をつけました。

4…今日、差別的とされる語句や表現については、作品の発表された時代・歴史背景を考慮し、そのままとしました。

ハルキ文庫

し 13-1

美《うつく》しくなるにつれて若《わか》くなる

著者 白洲正子《しらすまさこ》
編者 高丘卓《たかおかたかし》

2018年 3 月18日第一刷発行
2023年 4 月 8 日第三刷発行

発行者 角川春樹

発行所 株式会社角川春樹事務所
〒102-0074 東京都千代田区九段南2-1-30 イタリア文化会館

電話 03(3263)5247(編集)
03(3263)5881(営業)

印刷・製本 中央精版印刷株式会社

フォーマット・デザイン 芦澤泰偉　本文デザイン 鈴木一誌
表紙イラストレーション 門坂流

ISBN978-4-7584-4153-7 C0195 ©2018 Katsurako Makiyama Printed in Japan
http://www.kadokawaharuki.co.jp/[営業]
fanmail@kadokawaharuki.co.jp[編集]　ご意見・ご感想をお寄せください。

食の王様 新装版

開高 健

シャンゼリゼ大通りでとびきりのフレッシュフォアグラを頬張り、ヴォルガ河のキャヴィアを食べ、ベトナムの戦地でネズミの旨さに仰天する。世界を股にかけた酒飲み修行で、ビール、ワイン、ウイスキーなど酒という酒を飲み尽くす。己の食欲に向き合い、食の歓びと深淵を探る。旅に暮らした作家・開高健が世界各地での食との出会いを綴った、珠玉のエッセイ集。